9
ネコ光一
Illustration
Nardack
WORLD
異世界式教育特務
TEACHER

CONTENTS

《序章》 003
《狼與狐》 012
《特訓生活》 060
《訓練的成果》 132
《雷烏斯的選擇》 169
《兩個人在一起的幸福》 271
《終章》 311
番外篇《未來的弟妹》 316

Illust : Nardack

《序章》

——雷烏斯——

「喝啊啊啊啊——！」

「觀察力是不錯……」

「咦⁉嗚啊⁉」

今天我一樣在露宿野外前跟大哥進行模擬戰，結果又輸了。

我預測大哥的動作，搶先使盡全力揮劍，卻被他輕易躲過，側腹吃了一記踢擊，狼狽地摔在地上。

「可惜還太嫩。我想你差不多該自己發現了……」

「咳……對不起……」

在鬥武祭跟大哥對決過後，模擬戰就越來越激烈。

之前大多是點到即止，現在則會直接打我或踹我，也不太會告訴我要如何應付他的攻擊。大哥說戰況隨時在變化，能立刻下達判斷、做出反應是很重要的。所以如果不想吃苦頭，就得自己找到答案，採取應對措施。

我明白這個道理，也並非看不見大哥的攻擊……但他速度太快，我的身體跟不上。我因為被他看見這麼窩囊的模樣，下意識道歉，大哥卻毫不留情地拿訓練用木劍指向我：

「與其道歉，不如多用腦袋思考。要繼續嗎？」

「當然！」

其實，我認為我的空隙只有一點點。

就算這樣，大哥還是能瞄準那些微的空隙，以迅雷不及掩耳的速度攻過來，因此我才會來不及防禦。不禁讓人懷疑他是不是能預測……不對，是誘導我的行動。

可是萊奧爾爺爺依然能跟大哥對等戰鬥。為了和大哥並肩而行，身為他的徒弟，這點阻礙我得靠自己的力量跨越。必須讓身體完全按照自己的想法行動，就像大哥教我的那樣。

聽見我的回答，大哥揚起嘴角，我決定下一劍一定要砍中，回應他的期待，結果——……

「啊啊啊啊啊——!?大哥！這招犯規啦——！」

「沒辦法，誰叫你換成這邊漏洞百出。」

……還是不行。

我被大哥的鐵爪功逮到，痛得哀號。

「……有了。」

吃完晚餐，在平常用來練劍的時間，我抱著木箱獨自走在森林裡。原因是吃完大哥幫我們做的晚餐後，姊姊向大哥報告：

『……天狼星少爺，我聞到那邊傳來一點水的氣味。雖然有點距離，那個方向似乎有水源。』

『有河流或湖泊呀……不曉得有沒有魚？』

『對呀，最近一直在吃肉。』

『我知道妳們在想什麼，不必露出那種眼神。去抓點魚明天用好了。』

『那我去抓吧。』

因此我才會一個人來找水源。

說是找，我也跟姊姊一樣聞得到味道，不可能迷路。

我一面戒備魔物，一面前進，過沒多久看見比想像中更大的湖，立刻走過去檢查水質。

「……嗯，水很乾淨。」

水質還是越乾淨越好，這樣裡面的魚才好吃。

之前我單獨接下公會的魔物討伐委託時，因為肚子餓，途中去了有點髒的湖抓魚果腹，土味重得害我嚇了一跳。

可是大哥做的魚料理都會經過各種處理，例如在清水裡泡很久，或是裹上除臭用的香草，所以一點土味都沒有。

尤其是那個……把香草跟鹽巴一起包進去蒸的魚料理，實在太棒了。大哥說不定會願意做給我吃，得努力抓魚才行。

我在月光下脫掉鞋子，捲起褲管走進湖裡，在途中停下腳步，拿著劍隱藏氣息，與自然同化。

過了一會兒，我用指尖輕點水面，讓魚以為這是食物，朝這邊游過來……

「喝！」

接著舉起劍一揮，在不砍到魚的情況下把牠挑起。

魚掉進放在鞋子旁的木箱，掙扎一下後立刻就安分下來了。那個木箱裡裝著莉絲姊用魔法召喚出的清水，所以魚不會因此變衰弱。

我又揮了好幾下劍，抓到超過二十隻魚後，暫時上岸。

「嗯……是不是多抓幾隻比較好？」

我至少想吃十隻左右，莉絲姊則會吃更多。

照這速度應該能比預料中更早收工，還有時間的話……

「來揮揮劍好了。」

感覺好像萊奧爾爺爺會說的話，讓我覺得有點討厭，可是若不多加鍛鍊，我一輩子都追不上大哥。

我重新握好劍，在擺出架勢前閉上眼睛，調整呼吸。

從大哥常做的「意象訓練」開始吧……

「大哥的動作……爺爺的剛破一刀流……」

我回想起看幾次都模仿不來的大哥的動作、爺爺的動作，以及親身經歷過的剛破一刀流，高高舉起劍。

之後只要像萊奧爾爺爺那樣全力揮下就好……最近我卻覺得不太對勁。

我……和大哥還有萊奧爾爺爺，到底差在哪裡？

明明看得見他們的背影……距離卻遠到怎麼追都無法觸及。

但這是當然的。

因為不只是我，大哥也在成長。

萊奧爾爺爺我就不知道了，不過以爺爺的個性，八成正在用驚人的速度追向大哥。我也不能輸。

「……噢，注意力分散了。專心……基本功……」

我想起萊奧爾爺爺的劍技，正準備揮劍，卻聽見湖泊傳來水花濺起的聲音。

糟糕……看來我太過專注，疏於戒備四周了。

可是聲音聽起來有段距離，也感覺不到殺氣，對方似乎不是我的敵人。

我不慌不忙地轉過身……

「……女孩子？」

湖裡有一名裸體的少女。

我瞬間心想「她被盜賊襲擊了嗎？」但那孩子大概是在洗澡。我們平時有大哥做的浴缸能用，所以沒立刻聯想到可以在湖裡沐浴。

可能是因為太安靜，那孩子好像沒發現我。

本來想跟她打聲招呼，但我現在是未經許可偷看女生裸體的偷窺狂……對吧？做這種事姊姊她們肯定會生氣，最好在被發現前離開。

不過……為什麼呢？

視線無法從她身上移開，連我自己都覺得不可思議。

因為雖然只是遠遠看著，但那名少女非常美麗。

從外表看來，年紀跟我差不多吧？

帶點紅色的金髮底下，露出一對狐耳，可見那女孩和我一樣是獸人。至於種族，既然是狐狸耳朵，我想是狐尾族（Fox Tail）。

果然，她背後長著狐尾族（Fox Tail）特有的尾——咦!?

「有三條……沒錯吧？」

那孩子的尾巴……怎麼看都是三條耶？我跟大哥一起去了各式各樣的地方，接觸過各式各樣的人，卻從來沒見過三條尾巴的獸人。

「……呃，現在不是想這些的時候。」

儘管在各種意義上想多看一下，不過擅自盯著女生的裸體實在很沒禮貌。

我拎起鞋子和裝魚的木箱，正打算回去時……忽然感覺到詭異的氣息，又往少女的方向瞥了一眼。

「!?糟糕！」

那股氣息，來自從背後靜靜逼近少女的蜥蜴型魔物。

魔物只露出一顆頭，看似只要再接近一點就會發動攻擊，少女卻絲毫沒察覺。

我還沒開口就奔向前方，用大哥親自傳授的「空中踏臺」於空中做出立足點，一口氣跳到少女的正上方。

「我現在就來救妳！」

「咦!?」

然後在出聲的同時揮劍，將企圖襲擊少女的魔物一刀兩斷。劍上傳來命中敵人的手感，我也順勢降落在湖裡濺起巨大水花，接著立刻確認少女的安危。

「呼，好險。妳沒事吧？」

「啊……嗯、嗯。沒事……呃，哇!?」

走近一看，她比姊姊還矮，我得低頭才能看清她的臉。

少女愣愣地仰望突然現身的我，立刻羞得滿臉通紅，用手遮住胸部。

「你……是誰！」

咦？我……不是救了她嗎？為什麼這女孩要瞪我？

倒也不是希望她感謝，但總覺得不太能釋懷。

「謝謝你出手相救。所以，你想對我做什麼？」

啊，對喔。全裸狀態下有男人在旁邊，她會警戒也很正常。

要我馬上離開也行，但如果不快一點走，魔物的血可能會把其他魔物吸引過來，可以的話，我想送她到安全的地方。

先說明我不是敵人，安撫她，然後再──

「呃，我是冒險者，在這裡抓魚的時候看到妳。看著看著……」

「你偷窺我!?變態！要是敢再靠過來，小心我燒了你！」

啊啊……不行。我根本不知道在這種狀況下要怎麼安撫女生！再說，我連如何跟女生相處都不太懂。

換成大哥的話，肯定能順利——等等。

記得大哥曾說過，誠懇地稱讚女性很有效。

既然這樣，就不要說謊，直接把我的想法告訴她吧。

「我確實在偷看，不過那是因為妳很漂亮。」

「咦!?」

「我知道偷窺不對，本來想立刻離開，但妳洗澡的模樣太好看了。看著看著那隻魔物就出現了，我心想得救妳才行。」

「什麼……啊……唔……」

「妳的胸部雖然沒比姊姊和莉絲姊大，也不比菲亞姊漂亮，但我覺得妳很美。」

「……開……」

……咦？

我明明誠懇地稱讚她了，為什麼她臉那麼紅……

「開什麼玩笑！」

——天狼星——

「原來如此……所以你才會落得這副狼狽樣。」

「……嗯。」

雷烏斯抓完魚回來時，不只全身溼透，臉上還有掌印，嚇了我一跳。由於那掌印太過清晰，我不禁在心裡讚嘆；等雷烏斯冷靜下來、聽他說明完狀況後，卻忍不住想嘆氣。我知道從結論來說是雷烏斯不對，但還是先把令人在意的問題釐清好了。

「甩你耳光的女孩呢？」

「她的力氣比想像中還大，我被一掌揍飛、沉到湖裡。雖然我很快就站起來，可是她已經從湖裡上岸，跑進森林了。」

「哎呀，看來她動作挺快的。」

「既然那孩子強到能把雷烏斯揍飛，或許不必太擔心。」

「我也覺得。不過啊，為啥我要被打？明明都稱讚她了。」

他好像還不明白自己挨耳光的理由。

除了雷烏斯自己的個性使然外，我應該也得負些責任。因為我的教育以鍛鍊身體為中心，不怎麼關心他缺乏與其他女性交流經驗這部分。

況且雷烏斯身邊有肯定算得上美人的姊姊艾米莉亞、能自然而然吸引他人的莉絲、擁有其他種族無可比擬之美貌的妖精菲亞。

講難聽點就是看習慣美女了，因此雷烏斯鮮少稱讚別人的外表。

這次他卻誇對方漂亮，還說自己看得出神，實屬罕見。

然而由於他太天然又太直率，無意識地拿對方跟自己身邊的女性比較了。在各種意義上是個讓人費心的徒弟。

事實上，以前我曾問過他喜歡的女性類型……

『雷烏斯，你的喜好是？』

『大哥做的咖哩跟漢堡排！不對，大哥的菜我全都喜歡。』

『那是愛吃的東西。我問的是你對於女性的喜好。』

『像大哥一樣的人。』

『……講清楚點。』

『會做飯、很強、會照顧人，重要的事會講明白的人。所以是像大哥一樣的人！』

也就是說，比起外表，雷烏斯更容易被內在吸引，其中他最喜歡的是像我一樣的女性。

該怎麼說呢……頭好痛。

假如我生為女兒身，雷烏斯會熱情地向我求婚嗎？

前途堪憂的徒弟，害身為監護人兼師父的我煩惱不已，這時雷烏斯摸著臉頰走向莉絲。

「那一巴掌明明比大哥的一擊還輕，不知道為什麼這麼痛。莉絲姊，幫我治療一下。」

「嗯……對不起喔。我有點不想治好這個傷……」

「為什麼？」

連無法放著傷患不管的莉絲都拒絕了，或許是因為同為女性，她能理解那孩子的心情。

再加上雷烏斯是拿她們來跟對方比較，不能怪莉絲不知該做何反應。

「呵呵，雷烏斯還是一樣，太老實了。」

「老實是很好，不過有些話是不能說的。你想想，諾艾兒姊姊不也常常說錯話，惹天狼星少爺生氣？」

雖然這樣講對諾艾兒頗失禮，但我也有同感，所以並不打算糾正艾米莉亞。

「意思是我說了不該說的話囉。可是……我哪裡說錯啊？我覺得她很漂亮，才直接告訴她的……」

「這部分沒問題。錯就錯在拿我和菲亞小姐跟那位女性比較。」

「舉個例子，如果與我們素不相識的那孩子說她的家人比雷烏斯更強，你聽了也不會高興吧？」

「原來如此！」

看來他想通了。

以巴掌回敬救了自己的人當然也不太對，但她當時沒穿衣服，才會無法冷靜下達判斷吧。可以說單純是雷烏斯運氣不好。

「那我得跟她道歉才行。唉……女人果然很難懂。」

「不只女性，與人相處本來就不簡單。」

「菲亞小姐說得沒錯。你要成為像天狼星少爺那樣能取悅女性的男人，不要只會磨練戰鬥方面的技巧。」

「嗚嗚……我會努力看看。對了大哥，如果是你，會怎麼跟她解釋？」

「你問我啊……」

我很想教他，但這問題挺難回答的。

因為女性的心情會視情況劇烈變化，沒有固定的正確答案。尤其與女性相處最重要的是經驗，在我思考該如何作答時，隨侍在旁的艾米莉亞喜孜孜地舉起手：

「天狼星少爺，要不要把我想成那個女生，示範給雷烏斯看？」

「呃，沒必要做到那——」

「我想演演看！」

艾米莉亞氣勢洶洶地逼近我，不實際演一次，事態八成會無法收拾，因此我決定採用她的意見。

那麼……從雷烏斯提供的情報推測，那名少女聽見他誇自己漂亮，似乎並不會反感。也就是說問題在於雷烏斯之後的失言，所以最好的處理法大概是別亂講話，紳士地對待她。

於是，我在眾人的注目下與艾米莉亞相對而立，兩姊弟卻開始討論細節，不曉得在堅持什麼。

「對對對，我和她差不多隔這麼遠。再來就是她沒穿衣服，不過要姊姊在我面前脫光，實在有點……」

「為了正確重現出當時的狀況，這或許是必須的。雷烏斯，你立刻摀住眼睛和耳朵，到其他地方去。」

「不對吧？」

明明是要演給雷烏斯看，當事人不在場不是很奇怪嗎？

放著不管，艾米莉亞可能會真的脫光，因此我明白地告訴她不穿著衣服就不演，艾米莉亞只好心不甘情不願地點頭。

我重新集中注意力，面向假裝被我救了一命、驚訝不已的艾米莉亞。

「謝謝你出手相救。所以，你想對我做什麼？」

「呃，我是冒險者，在這裡抓魚的時候看到妳。看著看著……」

「你偷窺我!?變……變……嗚！雖說是演技，但我身為隨從，怎麼可以對天狼星少爺口出惡言……」

「卡。」

本來還想說她演得挺逼真的……結果卻是這樣。

我早就知道艾米莉亞的企圖，可惜她太忠於欲望，忘記自己必須責罵我。

就這樣中斷，她可能會哭出來，所以我們又重演了一次。

「你偷窺我!?變……唔，省略！要是敢再靠過來，小心我燒了你！」

「我確實在偷看妳，不過那是因為妳很漂亮。」

「咦!?」

「我知道偷窺不對，本來想立刻離開，但妳洗澡的模樣太好看了。看著看著那隻魔物就出現了，我心想得救妳才行。」

之後雷烏斯就拿艾米莉亞她們跟人家比較。

我只是要示範，所以沒有說多餘的臺詞，別過頭不看對方，脫下自己的上衣遞出去……

「好的，我原諒您！謝謝您救了我！」

艾米莉亞非常感動，撲到我懷中。

嗯……意料之中的發展。

再說，艾米莉亞就是想做這件事才提議演戲的吧。

她搖著尾巴用臉蹭我胸口，我伸手摸她的頭，但雷烏斯不可能接受這種結果。

「這有問題吧！怎麼看都是因為對象是大哥跟姊姊才會這樣！」

「啊啊……天狼星少爺的味道。」

然而心情絕佳的艾米莉亞，好像沒聽見雷烏斯說話。

我摸了她的頭一陣子，艾米莉亞才終於放開，不過她沉浸在餘韻中，一動也不動，無法繼續演下去。

「喂——姊姊，不是要示範給我看嗎？」

「呵呵呵……」

「沒救了。那，下一個換莉絲姊。」

「咦……我嗎!?」

「因為姊姊當範本一點都不準。我想看大哥會怎麼做，拜託啦。」

「嗯、嗯。那……我試試看。」

我像剛才一樣與莉絲面對面，直盯著她誇她漂亮……

「嘿嘿嘿……就算知道是演技，還是會害羞呢。」

「我現在雖然在扮演雷烏斯，卻是發自內心這麼覺得喔。」

「是、是嗎？好高興……」

這句臺詞或許稍嫌刻意，不過莉絲有點晚熟，心裡在想什麼就必須確實傳達給她。結果莉絲被這句話弄得羞澀不已，沒辦法再演下去。

「莉絲姊，振作一點啦。」

「啊、啊哈哈……嗯，對不起喔。這對我來說……難度可能太高了些。」

「交給我吧。讓你們見識見識……女性真正的行動。」

「對喔！菲亞姊很習慣被誇漂亮！」

我在雷烏斯洋溢希望的目光注視下，輕聲稱讚面前的菲亞……

「呵呵……謝謝你。那我們走吧。」

「什麼？」

菲亞抓住我的手臂，走向馬車。

「咦？菲亞姊，妳要去哪裡？」

「雷烏斯，記好了。男方對女方示好，而女方又允許的話，代表熱情的一夜將揭開序幕。」

「雖然不是很懂，這跟我想知道的是不是不太一樣？」

「沒錯。這是特例，勸你最好別拿來參考。」

「艾米莉亞跟莉絲也過來吧。今天要三個人一起喔！」

「是！」

「嗯……嗯。」

「等等等等等等！」

平常溫柔婉約的她們，這種時候卻會變得像盯上獵物的野獸一樣凶猛。

不過由於這只是玩笑話，我稍微抵抗一下她們就放棄了，艾米莉亞倒真的表現出很失望的模樣，就當沒看見吧。

結果……三人都當不了好榜樣，我看給雷烏斯一些我個人的建議好了。

「總之『對方是裸體』這個狀況很糟糕。這時只要默默脫下自己的衣物給對方穿，至少不會讓人家覺得你有惡意。」

「就像大哥對姊姊她們做的那樣。」

「沒錯。然而對方並不冷靜，所以怎麼解釋都可能挨打，這點你要記住。這種事跟戰況一樣隨時在變化，必須臨機應變。也就是說，重點在累積經驗。」

「確實，我沒什麼這方面的經驗。」

「還有，你或許說錯了話，不過幫助那孩子的行為本身並沒有錯。雖不曉得能不能再見到她，有機會的話，好好向人家道歉就行了吧。」

「這樣啊……也對。雖然我被打了，幸好她沒事！」

不會覺得「早知道不要救她」，正是雷烏斯的優點。

他固然個性天然，會因為太過直率而說錯話，對沒興趣的事也不怎麼關心，卻是個會下意識對有困難的人伸出援手的男人。

「順帶一提，要是你道歉後對方還無理取鬧，就直接回嘴。對那種沒禮貌的人無須客氣。」

「喔！」

雷烏斯露出天真無邪的笑容，看來他恢復平常的狀態了。

事情告一段落後，由於我剛才聽雷烏斯提到令人在意的東西，便詢問詳情。

「話說回來，你看到的狐尾族(Fox Tail)少女真的有三條尾巴嗎？」

「對啊。那孩子有三條毛很漂亮的尾巴，我看呆的原因說不定有部分是因為這個。」

「我不認為雷烏斯會看錯，可是……三條尾巴呀。」

「在學校遇見的狐尾族，都是一條尾巴耶？」

「遇見天狼星前，我跟狐尾族的冒險者喝過酒，沒聽說有三條尾巴的狐尾族。」

除了魔物以外，所有種族都只有一條尾巴，頂多形狀或毛的長度有所差異。

其中似乎也有經過突變多出一條尾巴的人，但三條尾巴我連聽都沒聽過。

「搞不好是罕見的存在。我也想見識一下。」

「我也是。有這麼明顯的特徵，或許在這一帶打聽一下就找得到人家。」

「難說唷？罕見的存在容易被人盯上，她因此躲起來的可能性也很高。」

儘管現在藏住了耳朵，身為妖精的菲亞曾被各種人盯上過……這句話出自她口中非常有說服力。

我其實也沒那麼想看，便決定等有那個閒情逸致的時候再去找她。

「那睡前先把魚處理好吧。你們要點餐嗎？」

「我想吃悶燒！用鹽裹住的那個。」

「用炸的如何呢？」

「我想吃魚丸耶。」

「燉魚怎麼樣？」

「……統統不一樣。你們猜拳決定。」

弟子們於旁邊展開一場激戰，我則手持菜刀對著魚。

順帶一提，猜贏的是負責抓魚的雷烏斯。

跟我點餐時，他因為三位姊姊在一旁施壓而冷汗直流，最後好不容易承受住壓力，點了用香草和鹽調味的悶燒。

不……他之所以承受得住，是因為三位姊姊氣勢比平常還弱。

她們似乎因為以示範給雷烏斯看為由、卻不小心玩起來這點心懷愧疚，想藉此賠罪。猜拳想必也是故意輸掉的。

三位姊姊終究還是很寵弟弟，我在內心偷笑，一面動手處理魚肉。

隔天早上，我們吃了雷烏斯點的魚料理，收拾完營地才啟程。

這幾天都在外露宿，不過照這速度，今天應該能抵達驛站。

我們在馬車前進的途中一邊做著平常的訓練，穿過森林，越過一座小山丘後，來到看得見一條大河的道路上。

「看得見河，代表驛站快到了吧。」

「今天應該能睡到久違的床。」

「欸，大哥，我們的目的地在更前面對不對？」

「嗯，沿著這條河前進就會看到湖。」

根據地圖和事先得知的情報，朝上游走一段路，即可看見今天預計要住的驛站。再繼續往上游前進，則會抵達這條河的源頭，聽說那座湖大到看不見地平線。

那座湖名為迪涅湖，旁邊有座蒙受迪涅湖的恩惠維生的大城鎮。

「迪涅湖畔的城鎮帕拉多，就是我們的目的地。聽說那座城鎮很大，還能看見許多要渡湖的船隻。」

「帕拉多啊……真懷念。我以前也去過一次，迪涅湖真的非常遼闊，跟大海比起來別有一番風味，我認為值得一看。」

「那裡有什麼名產之類的嗎？」

「嗯，我記得迪涅湖的魚貝類很有名。雖然很多形狀獨特的魚，但還挺美味的。」

「獨特的魚貝類……好期待喔。」

由於迪涅湖實在太大，把它誤認為海的冒險者源源不絕，但湖水本身一點鹽味都沒有，似乎是徹底的淡水湖。

因此湖裡形成特有的生態系，棲息著大量海中所沒有的魚類及生物。

聽見有美味的水產，莉絲立刻眼睛一亮，我八成也露出了同樣的眼神。我對於帕拉多就是如此期待。

「水產啊，看來值得料理一番。」

「喔喔！不只莉絲姊，連大哥都眼睛發亮！」

「又多一件事可以期待了呢。觀光時盡量多逛逛食材店吧。」

「喔！」

「當然！」

「難怪這些孩子會被養成貪吃鬼。」

菲亞表情帶點無奈，卻一副開心的樣子，看來她也徹底融入我們了。

我們懷著諸多期待前進，在天黑前抵達驛站。

接著便是早已習慣的情況，門衛看見負責拉車的北斗驚慌失措，我們和他起了點糾紛才順利進城，迅速找好旅館。

我還順便拜託旅館老闆讓北斗也住進房內，可惜遭到拒絕。若是獸人就好說話了，然而老闆是人族，所以說服不了他。

儘管很對不起牠，只能請北斗委屈一下住在馬廄。

「之後我再來幫你梳毛。」

「嗷！」

擁有壓倒性存在感的百狼登場，導致其他馬變得提心吊膽，見北斗毫不在意地趴下來休息，我便回到房間。

在我回到房內的瞬間，雷烏斯的肚子大叫一聲，於是我們接著來到旅館附設的食堂。

「給我一份這個魚定食。」

「我也是，請給我大份的。」

「我要蔬菜拼盤跟兩瓶紅酒。」

「五份這個肉料理，多來點麵包。」

「麻煩這上面的料理全部來一份。」

「好、好的……」

怎麼看都不只五人份的分量，令女服務生臉頰微微抽搐。

或許是因為同桌有藏住妖精的長耳、卻依然散發出神祕美感的菲亞，再加上銀狼族吧，四周的人都在注意我們。等我們點的料理一盤盤送上桌後，聚集而來的視線更多了。

這也不是一、兩天的事，因此我們毫不在意，開始用餐。

「嗯……味道有點淡，不過還不錯。用了這個地方特有的調味料？」

「聽說是用迪涅湖裡的香草調味的，紅酒也很順口美味，可能是因為水質好。」

「再來一份！」

「請再給我一份。」

我們家的貪吃鬼轉眼間就把盤子清空，加點第一次，這時我發現有兩名男子走到我們面前。

「喔喔，好漂亮的姊姊。」

「就是說啊。路上的女人完全不能比。」

他們裝備著防具，推測身分是冒險者，此刻卻只是一對手拿紅酒、滿臉通紅的醉漢。

大概是看見菲亞，順從欲望而來的。

「哎呀，謝謝你的稱讚。」

「嘿嘿，像妳這麼漂亮的美女，怎麼能不誇幾句咧？」

「喂喂喂，別陪那種小毛頭了，跟我們喝幾杯吧？」

「不好意思，我和戀人喝得正開心。麻煩不要來礙事。」

菲亞乾脆地甩掉他們，抱住我的手臂，兩名男子立刻瞪向我。

「喂，你這種小鬼——」

「怎麼了嗎？」

「「唔!?」」

明明已經醉成這樣，我一露出略帶殺氣的笑容威嚇他們，他們就退了一步。

這種程度就怕了，以冒險者來說算中下等級吧？

「請問兩位找天狼星少爺有何貴幹？」

「要瞪大哥的話，先瞪我再說！」

「…………」

同時承受艾米莉亞魄力十足的笑容、雷烏斯毫不掩飾的殺氣、吃飯吃到一半被打斷的莉絲無言的壓力，兩名男子臉頰抽搐，轉身就逃。

雖說是醉漢，倒是擁有能夠理解實力差距的本事。

「謝謝。那類型的醉漢很纏人，幸好有大家在。」

「我畢竟是妳的戀人。況且我很習慣這種事了，之後也儘管依賴我。」

「嗯！保護姊姊妳們也是我的任務！」

我們的外表怎麼看都是剛當上冒險者的年輕人，又帶著罕見的銀狼族，即使沒有菲亞，也被人糾纏過好幾次。

我早已習慣對付那種傢伙。

菲亞往大家的玻璃杯裡倒酒以表謝意，我們和樂融融地再度用起餐點，過了一會兒，不遠處的座位傳來巨大聲響。

回頭一看，剛才糾纏我們的男子跑去騷擾女服務生了。菜餚散落一地，那聲巨響就是盤子摔到地上的聲音吧。

「那些傢伙……學不乖啊。」

「被菲亞甩了，乾脆轉移目標嗎？」

「真麻煩……」

我們也該負一部分的責任，在事情鬧更大之前把他們轟出去吧。

「大哥，我一個人就夠了。趁下道菜還沒上，我去做做暖身運動。」

「……是嗎？那你適當地給他們一些教訓吧。」

「不可以做得太過頭唷。」

「喔！」

有這麼多東西的地方實在不適合揮舞大劍，因此雷烏斯放下佩劍，走向那群人。人數從兩人增加到了四人，大概是還有同夥，雷烏斯卻光明正大直接走過去，瞪向抓著女服務生的手的男子。

「給我等一下！」

「等等！」

……看來不是只有雷烏斯想幫助她。

從聲音判斷──是男性吧？那人比雷烏斯矮一點，身穿覆蓋住全身的斗篷，兜帽壓得低低的，在與雷烏斯分秒不差的時機開口制止，還維持同樣的姿勢愣住。巧到讓人以為他們是事先商量好的。

「咦？你是……」

「嗯？你是……」

兩人面面相覷，反應有點奇怪，彷彿認識彼此。

雖然對方的臉被兜帽遮住，雷烏斯認識的人裡面，應該沒有這樣的——等等？

「……請你退下。我會負責救她。」

「不，你才該退下。而且這些傢伙害我點的菜全泡湯了。」

砸在地上的料理，似乎是雷烏斯加點的。

儘管有一部分是出於洩憤，雷烏斯主動伸出援手，終究是為了幫助那名女性。

「不准無視我們——呃，你是剛剛那個！」

「為什麼要來礙事！這跟你無關吧！」

「我們只是想找她一起喝酒罷了！」

人數增加，再加上醉得比剛才更厲害，這次他們並沒有屈服於雷烏斯的殺氣，而是反瞪回去。雷烏斯完全沒把他們放在眼裡，與站在身旁的男性對視一段時間……

「我有個想法，你不覺得沒必要單打獨鬥嗎？」

「是啊。那就一起上吧。」

他們得出結論，把手指按得喀喀響，逼近那群男子。

「天狼星少爺，不用阻止嗎？」

「憑那兩個人的實力，不會有問題的。比起這個，妳小心別喝太多。妳該不會是想趁喝醉爬到我床上吧？」

「……窩怎摸可能災打遮種主意呢。」

「就叫妳別喝了！」

八成被我說中了，艾米莉亞繼續喝酒想蒙混過去，我忍不住嘆氣。在這種狀況下，莉絲和菲亞仍按照自己的步調吃著飯，是因為相信雷烏斯有能力處理好這件事吧。肯定是。希望如此。

另一方面，雷烏斯等人的爭執已經變成一場表演，四周客人開始開心地吆喝。

「可惡，不過才兩個人！」

「竟敢來找碴，看我教訓你們一頓！」

「那麼，我負責右邊那兩個。」

「那我就左邊囉。」

於是，一行人終於要打起來了……不出所料的發展。

雷烏斯接住朝他揍過來的拳頭，用腳絆倒那名男子，將他的臉按向掉在地上的料理。

「嗚啊!?你、你這傢伙！」

「這些菜都是因為你們才掉到地上。給我吃乾淨，不然太可惜了！」

嗯，對於浪費食物的人來說，是合理的處罰。

我在內心誇獎雷烏斯，望向戴兜帽的男子……

「可惡！為什麼打不中！」

「因為你的動作過於單調。」

他輕而易舉閃過對方揮來揮去的酒瓶。

從中途開始，就有兩個人同時攻擊他，兜帽男卻徹底看穿對手的動作，不費吹灰之力空手擋掉攻擊。

那俐落的動作及閃避攻擊的方式……看來我猜得沒錯。

「可惡！」

「你們幾個給我記住！」

不到幾分鐘，那群人就被打敗，撂下老套的臺詞落荒而逃。

表演結束，其他客人紛紛歡呼，女服務生則對他們倆道謝……

「別客氣。我們只是做了該做的事。」

「對啊。抱歉，把事情鬧大了。」

兩人甩甩手叫對方無須介意，著手清理地上的料理。

由於實在不能讓客人做到這個地步，服務生制止了他們，雷烏斯便一面回應其他人的歡呼聲，一面走回來。

「大哥，我回來了。」

「辛苦了。雖然弄亂了一些東西，你有把損害控制在最低限度，幹得不錯。」

「嘿嘿，不過那也是因為有這傢伙在。如果只有我一個，搞不好會弄壞更多桌椅。」

「這是我要說的，多虧你幫忙應付另一半的人，我才能減輕不少負擔。」

看見兜帽男站在雷烏斯身旁，兩人有說有笑，艾米莉亞和莉絲面露疑惑。

「我知道你很快就能跟人混熟，但這次真是快得異常。」

「兩位是……第一次見面對吧？」

「啊，對喔，妳們沒直接跟他說過話。鬥武祭的預賽上，不是有個選手跟大哥一起留到最後嗎？」

「幸會，當時我報上的名字是柯恩。」

聽見他的名字，三位女性似乎也想起來了，露出恍然大悟的表情。

柯恩……在我和雷烏斯之前參加的鬥武祭上，用布和面具遮住臉的選手。

他在第二輪比賽敗給雷烏斯，只和我們講了幾句話就離開了。

雷烏斯沒看過他的長相，卻認得他是柯恩，或許是在交手時記住了他的氣味及動作特徵。

順帶一提，我是藉由魔力反應與跟醉漢戰鬥時展現出的技巧，確信他是柯恩的。因為明明是自創流派，他的技術著實精湛。

「好久不見。真的謝謝你當時幫我治療。」

「沒什麼好謝的，那場戰鬥對雷烏斯而言也是不錯的經驗。」

「對啊，而且雖說是比賽，我還害你受傷了。」

「那是因為我實力不足，你的劍技真的又強又直接。」

「是、是喔？謝啦。」

看他在鬥武祭始終蒙著面，柯恩應該是想隱藏身分的人。這個名字恐怕也是假名，不過現在沒必要勉強他坦承。

況且，之前兩人交手時我就覺得他們會合得來，看來他們比我想像中更意氣相投。才見第二次面，就彷彿摯友一般親暱。

雖說是碰巧重逢，這也算得上有緣。柯恩的真實身分先放在一邊，邀他吃頓飯好了。

「你們似乎還聊不夠，不介意的話，要不要跟我們一起——」

「哥哥！」

這時，連在雜音中都顯得清晰可聞的女聲響起，與柯恩同樣戴著連帽斗篷的女性走向我們。

「哥哥，這場騷動到底是？怎麼了嗎！」

「只是教訓了無禮之徒一頓罷了。各位，她是我的妹妹。」

「呃，幹麼突然介紹我!?這些人是誰！」

「嘿，怎麼可以這樣講話。他們是以前照顧過我的人，妳要更淑女一點……」

「唔……是。那個，初次見面，我是——」

兜帽底下隱約露出紅髮的女性，被柯恩訓了一句，慢慢低下頭，一看到我們——不對，一看到雷烏斯就瞬間僵住。

「……啊。」

「咦？」

「「啊啊啊啊啊——!?」」

雷烏斯和柯恩的妹妹同時指著對方大喊。

「變態偷窺狂!?」

「打了我的女人!?」

看來……絕對得讓他們談談。

由於兩人大喊的關係，食堂裡的人全部又往我們這邊看過來，對於使用假名和遮住長相的這對兄妹來說，應該會很傷腦筋。

「總之，要不要先換個地方？這樣對你們也比較好吧？」

「是啊，感謝你這麼貼心。」

如我所料，柯恩好像不希望太引人注目，率先點頭同意我的建議，然後拍拍指著雷烏斯愣在原地的妹妹的肩膀，示意她離開。

「欸、欸哥哥！這個男的就是我之前說的變態偷窺狂！而且……那個被他看見了，得封口才行！」

「我認為這些人值得信任。關於那件事，我打算之後跟他們談，總之先離開這裡吧。妳看看四周。」

「咦!?啊……嗯。」

妹妹終於發現其他人都在看這邊，立刻變了個人，安分下來。

「至於要換到哪，既然你們出現在這，表示住在這家旅館對吧？我們也在這訂了間三人房，在那邊談如何？」

「嗯……我們沒有意見，就約在那裡。」

「好。房間在一樓角落。」

「那麼我們等等再去拜訪。走囉。」

「等一下，哥哥！至少把這個變態的嘴封住——」

柯恩和他的妹妹，留下一句可怕的臺詞離開。

即使如此，眾人的視線依然停在我們身上，不過等留在食堂的我們繼續吃飯後，其他人便慢慢失去興趣，食堂恢復原本的嘈雜。

「大家也聽見了，晚餐時間到此結束，差不多該回房囉。」

「好的。雷烏斯還沒跟人家解開誤會，需要和那兩位好好談談。」

「我還喝不夠耶，再帶幾瓶酒回去好了。」

「麻煩三明治也再來十份。」

明明吃了那麼多也喝了不少，莉絲和菲亞卻還沒滿足的樣子。

她們不斷加點能帶回房間的料理跟酒，由於沒必要阻止，我便讓她們盡情點餐，這時我發現雷烏斯還愣在原地。

「雷烏斯，你別杵在那，坐下來怎麼樣？」

「啊……對喔。」

艾米莉亞開口提醒，雷烏斯才發現自己一直站著，坐回剛剛的位子。

「你不是要跟人家道歉嗎？」

「嗯。我還以為你會立刻道歉，難得看你發呆呢。」

「該怎麼說，那孩子的氣勢太驚人，害我忘記了。」

「仔細一想，真是罕見的場景。你幾乎沒遇過對你那麼有敵意的女性吧？」

雷烏斯個性天然，又經常遵循本能行動，但他覺得自己犯錯時會馬上道歉，所以很少有人會對他發火。

因此那孩子如此強烈的敵意，才會令他藏不住困惑之情。

「反正我們待會還會見面，到時再向人家道歉就行了。來，把剩下的菜吃一吃，回房去吧。」

「喔！」

我們將吃到一半的料理清完，拿著紅酒和三明治回房。

我們訂了雙人房和三人房各一間，分別給男性和女性住。

我和雷烏斯來到先前告訴柯恩的那間三人房，過了一陣子便聽見門外傳來輕輕的敲門聲。

「天狼星先生，我是剛才和你約好的柯恩……」

根據「探查」的反應，附近除了那兩人外沒有其他人，開門也不會有問題。站在我旁邊待命的艾米莉亞察覺到我的視線，靜靜點頭，幫忙開啟房門。

「請進。」

「好的，打擾——咦!?」

仍以兜帽遮住臉的柯恩，甫看見艾米莉亞便驚呼出聲。

哎，在只住著冒險者的旅館，突然看見身穿女僕裝的艾米莉亞，自然會嚇到。

順帶一提，女僕裝是她去馬車裡拿茶具時順便帶來的。

「請問，妳這身打扮是……」

「我身為天狼星少爺的隨從，這套衣服就是正裝。請別介意。」

「嗯、嗯……」

艾米莉亞祭出一如往常、不容許對方有意見的笑容，迫使柯恩點頭，招待兄妹倆進房。

「歡迎。雖然這時還講這種話有點奇怪，你們竟然那麼乾脆就答應我的邀約。」

「與幾位認識的時間的確不長，但我知道你們是老實人。況且我也有件私事想跟各位商量。」

「謝謝你願意相信我們。這裡也不算什麼正式場合，隨便坐床上就行。」

「我去泡紅茶。」

「想喝酒的話也有紅酒唷。」

「還有三明治，要吃嗎？」

「不，沒關係……」

「三明治……」

突如其來的熱情招待令兩人不知所措，然而聽見有三明治可吃，兄妹倆肚子立刻叫了。

對喔，柯恩搭救女服務生時一副剛抵達食堂的模樣，妹妹則是之後才來，所以他們什麼都沒吃就離開了。

因此，兩人紅著臉接過莉絲遞出的三明治。

兩兄妹瞬間吃完三明治，柯恩清了下喉嚨，挺直背脊：

「那麼，我想正式向幾位打個招呼。不過在那之前……」

「呃，哥哥!?」

妹妹還來不及阻止，柯恩就拿下兜帽，在我們面前露出真面目。

帶了點紅色的金髮在腦後綁成一束，相貌非常端正，大部分的人八成都會誇他俊美，是個散發出一股貴族氣息的男人。

頭上有對狐耳，看來種族確實是狐尾族。

「哥、哥哥！為什麼要對這些人露臉!?」

「一直對照顧過自己的人蒙面太失禮了。而且……妳已經被看見了吧？」

「……我明白了。既然哥哥這麼決定。」

經過哥哥的勸導，妹妹似乎也做好覺悟，跟著拿下兜帽，露出臉來。

顏色與哥哥類似，只有些許差異的長髮綁成一條側馬尾，相貌同樣非常端正。

難怪雷烏斯說她漂亮，但她正在用充滿疑心的眼神看著我們，最好不要一直盯著她。

據說有三條的尾巴被斗篷遮住，不過現在的狀況並不適合多問。

從言行舉止可以推測出，她很喜歡哥哥，戒心高於常人。

在我心想「喜歡家人這一點倒是跟姊弟倆挺像的」之時，柯恩突然面向雷烏斯，深深一鞠躬。

「雷烏斯，不好意思，現在才跟你道謝。真的很謝謝你在森林救了我妹。」

「幫助有危險的人是當然的吧？你妹——呃，她叫？」

「噢，對了，還沒告訴你們。我真正的名字叫艾爾貝里歐，這孩子是我的妹妹瑪理娜。」

「艾爾貝里歐和瑪理娜嗎……不用客氣啦。再說我也……那個，不小心看見了瑪理娜的裸體，我才應該道歉。」

「咦⁉嗯、嗯……」

雷烏斯逮到時機，向妹妹……瑪理娜低頭致歉。

不曉得是否沒料到他會向自己道歉，瑪理娜嚇了一跳，顯得坐立不安。艾爾貝里歐拍拍她的肩膀，她便回過神來，紅著臉對雷烏斯低下頭。

「那個……我也……要向你道謝。可、可是！我不會原諒你看見我的裸體！還拿別人跟我比，說我胸部小……絕不原諒！」

「哈哈哈，妳在害羞什麼啊。人家帶著那麼誠懇的眼神誇妳漂亮，妳其實也很開心吧？」

「因、因為……他的表情那麼認真，我不小心就……總、總之！別再逗我了！」

「我是因為覺得妳漂亮才那麼說，沒逗妳啊。」

「騙人！你明明把我全身上下都瞄了一遍。反正你八成在心裡用有色眼光看我對吧？」

「煩耶……搞什麼鬼！我都乖乖道歉了，為什麼還要被說成這樣！」

見她無理取鬧，雷烏斯聽從我之前的教誨，直接回嘴。

因此兩人愈吵愈激烈，不知為何，我並不想阻止。

瑪理娜確實太強詞奪理，但從旁看來只會覺得她是因為害羞，在拚命逞強罷了。感覺像個不坦率的孩子在努力找藉口，實在很可愛。

我們都自我介紹完了，這兩個人卻還在鬥嘴。

俗話說感情是越吵越好，大可再讓他們吵一下，可是放太久的話，雷烏斯可能又會亂講話。

艾爾貝里歐似乎也有同感，我們四目相交，點了下頭，開口制止兩人：

「雷烏斯，回來。」

「瑪理娜，適可而止吧。妳要更有氣質一點。」

「……知道了。」

「嗚……對不起。」

爭執很快就平息了，兩人卻依然一臉不滿，因此艾米莉亞為大家送上紅茶，以轉換氣氛。

熟悉的味道撫慰了我們的心，這時我發現艾爾貝里歐和瑪理娜一喝到紅茶，就瞪大眼睛僵在原地。

兩人小心翼翼地繼續喝著以免燙傷，瞬間將紅茶喝得一乾二淨，用閃亮的雙眼望向艾米莉亞。

「呼……從來沒喝過這麼美味的紅茶。光用基本的茶具，竟然就能泡出如此香醇的味道……」

「這是天狼星少爺教我的泡法，兩位喜歡就好。」

「那個……」

「呵呵，要再來一杯嗎？」

「不好意思，我也要。」

我教她的泡法受到稱讚，艾米莉亞也很高興。

兩兄妹讓艾米莉亞幫他們又倒了一杯，細細品嘗它的滋味，瑪理娜再度遞出杯子。

「再一杯！」

「喂！客氣點。」

「因為，我第一次喝到這麼好喝的紅茶嘛！哥哥，要不要試試看挖角這個人——」

「等一下！姊姊是大哥的隨從！」

不曉得是不是因為太興奮，瑪理娜比剛才更放得開了些，雷烏斯迅速打斷她。

對雷烏斯而言，姊姊艾米莉亞擔任我的隨從乃理所當然之事，他無法忍受這個現狀產生變化。

「怎、怎麼了？你幹麼生氣？」

「因為姊姊是大哥的東西！」

「東西……太過分了！怎麼可以因為是家人，就把人家說成東西！」

「看她那樣，妳還講得出這種話嗎？」

瑪理娜說得沒錯，即使是家人，把別人說成東西還是不太好。當事人自己卻……

「呵呵呵，雷烏斯偶爾也會講幾句好聽話嘛。沒錯……我的一切都是屬於天狼星少爺的。」

被我摸著頭，尾巴搖來搖去，面帶陶醉笑容。

瑪理娜見狀，露出無言以對的微妙表情。現在我知道她是個會為別人把其他人當成物品而生氣的溫柔女孩了。

出乎意料的結果導致瑪理娜瞬間愣住，過了一會兒才勉強恢復正常，瞪向雷烏斯。

「可、可是我只是想挖角她而已，沒必要那麼生氣吧！」

「啊……對喔。抱歉。」

「咦？知、知道錯就好……嗯。」

看來他的天然屬性，害瑪理娜錯亂了。

雷烏斯在好的意義和不好的意義上，都是個直率的人，像剛才那樣會令對方措手不及的對話並不稀奇。

艾爾貝里歐斜眼看著彷彿在演一齣喜劇的雷烏斯和瑪理娜，愧疚地低下頭——

「對不起，我妹妹那麼吵鬧。她平常很乖的……」

「嗯，看得出她不是壞孩子。而且雷烏斯沒遇過幾個能和他對等交談的人，我反而要感謝她呢。」

「聽你這麼說我就放心了。不過，我還有件要事想告訴各位。」

「似乎不是想讓其他人知道的事。菲亞，可以麻煩妳嗎？」

「嗯，交給我吧。風啊……」

單手拿著酒杯的菲亞如歌唱似地念道，房裡便吹起一陣風，化為聲音不會傳到室外的隔音房。

我向他說明菲亞用了魔法隔音，艾爾貝里歐驚訝地道謝，帶著做好覺悟的表情望向雷烏斯。

「雷烏斯，你救了瑪理娜時……有沒有看到她的尾巴？」

「嗯，看到了。有三條尾巴。」

「……果然被看見了嗎？意思是，在場的各位也聽說了對吧？」

艾爾貝里歐神情嚴肅，我們默默點頭。

仔細一看，瑪理娜也面色凝重，沮喪得跟前一刻還在和雷烏斯鬥嘴的她判若兩人。

「我想拜託各位的是，希望你們別將這件事外傳。那個，為了保護我妹不要被壞人盯上……」

看來三條尾巴果然很稀奇，容易被一些無賴之徒盯上。由於我沒道理四處宣傳，也沒有盯上她的理由，便點頭答應，不過光憑口頭承諾就能讓兄妹倆放心的話，他們也用不著那麼煩惱了。

在思考我們是否也該坦承什麼祕密時，菲亞默默站到瑪理娜面前。

「雖然跟妳不太一樣，我也很能理解被人盯上的心情。」

「怎麼可能——咦!?」

菲亞觸碰我送給她的耳環型魔導具，露出用幻影掩飾的妖精耳朵。

瑪理娜大吃一驚，菲亞瞇起一隻眼，笑著豎起食指抵在脣邊：

「可是，用不著擔心。因為這些孩子都不會做那種無聊的事。」

「但妳脖子上的那個，不是類似奴隸的證明嗎……」

「這是飾品，他們倆戴的也是同樣的東西。妳看，還可以拿下來。順帶一提，幫我做出這個飾品的就是他……我的戀人。」

菲亞轉身抱住我的手臂，臉上綻放出燦爛笑容。儘管有點喝醉，這番話出自屬於稀有種族的妖精口中，顯得特別有說服力，瑪理娜的表情也和緩許多。

「所以放心吧。來，雷烏斯也說幾句話如何？」

「我嗎？這個嘛……雖然我只看到幾眼，妳的毛非常漂亮。藏起來太可惜了。」

「漂亮……」

聽見雷烏斯真心誠意的這句話，瑪理娜露出並不反感的表情。

然而……雷烏斯就是雷烏斯。

「但北斗先生跟姊姊的尾巴也很漂——」

「奈雅！」

「嗚噗!?」

下一刻，嚼著三明治的莉絲使用魔法，用水球堵住雷烏斯的嘴。我為她迅雷不及掩耳的動作感到佩服，同時也為重蹈覆轍的雷烏斯之天然嘆了口氣。

好吧……如果叮嚀一、兩次就能治好他的天然，我也不會那麼辛苦。

雖然比以前好了點，仍有大幅改善的空間。

艾爾貝里歐和被雷烏斯搞到頭痛的我們不同，安心地吁出一口氣。

「……看到的是你們，我很慶幸。」

「看來你吃過不少苦頭。總之我們不會亂講話，你大可放心。比起那個，在這裡重逢也算有緣，方便的話要不要多聊幾句？」

與人交流也是旅行的醍醐味。

若是愚蠢之徒，我當然會採取相應的手段，但這對兄妹應該值得信賴。更重要的是，這兩個人感覺會願意成為與雷烏斯對等的朋友，因此我非常想和他們增進情誼。

「如果不會給各位添麻煩，我無所謂。瑪理娜也不介意吧？」

「我、我也想多喝點紅茶……可以呀。」

「呵呵，好的。讓我用心為兩位再泡一壺茶。」

之後我們在不會太深入的範圍內向對方提問，得知艾爾貝里歐與我同年，瑪理娜則小我兩歲。

除此之外，就跟把臉遮起來一樣，他們似乎還隱藏了些什麼，不過我們也半斤八兩。

我們互相分享旅途中的珍奇見聞，不知不覺分成男女兩組聊天。

「咦!?艾米莉亞小姐也是天狼星先生的戀人嗎？」

「是的，不勝惶恐。但我同時也是天狼星少爺的隨從，照顧少爺是我最大的喜悅。」

「其、其實我也是。我和天狼星前輩認識的時間比艾米莉亞短，卻受到他很多幫助……」

「連莉絲小姐都是!?」

「優秀的雄性擁有眾多伴侶是當然的。」

不只紅茶，連三明治都分享給她，更重要的是有能和自己產生共鳴的女性在場，瑪理娜也逐漸和她們打成了一片。

話說回來……我本人就在這間房內，她們的話題卻圍繞著我，有點難為情。

其中也有我會忍不住想吐槽的對話，但打擾她們聊天不太好，還是忍住吧。

該講的都講完後，菲亞的視線移到瑪理娜用來遮住身體的斗篷上。

「欸，如果剛才他們說的是事實，妳有三條尾巴對不對？方便讓我看看嗎？」

「那個……」

「啊，不必勉強。只是因為雷烏斯說很漂亮，我有點好奇而已。」

「反正都已經被發現了……沒關係吧？」

瑪理娜猶豫了一瞬間，最後還是脫下斗篷，或許是因為她對她們有了一定程度的信任。

順帶一提，斗篷下面是和風——有點像袴的獨特服裝，至於最重要的尾巴……

「……咦？」

「只有……一條呢。」

「其實這是幻影。等我一下。」

瑪理娜全身放鬆，深深吐氣，魔力便從尾巴溢出，形狀於同時開始扭曲，分裂似的變成三條。

「我能讓人看見幻影，據說這是狐尾族祖先會用的能力。太複雜的幻影做不出來，像剛才那樣讓人把尾巴看成一條倒沒問題。」

「類似天狼星少爺做的魔導具嗎？」

「既然妳有這樣的能力，被雷烏斯撞見時不也能藏起來？」

「像現在這樣鬆懈下來，或是受到驚嚇的時候，能力會控制不住，無法維持幻影。而且那個時候我洗澡洗得很舒服，太大意了……」

「運氣不好……不對，看見的是雷烏斯，該說運氣好吧？至少那孩子不會用有色眼光看待女性。」

「等一下！當然是運氣不好！哥哥也就算了，被那種……被那種會拿其他人比較的男人看見裸體……啊啊，討厭！」

雖然有點吵，她們聊得開心就好。

是說，真是看見了稀奇的東西。

我從來沒在書上看過或聽人說過，狐尾族有瑪理娜這樣的能力。

她說這是狐尾族祖先的能力，那瑪理娜的三條尾巴是類似於返祖現象嗎？

「這孩子不太會把本性表現給其他人看，幸好她遇見的人是你。」

「幸好？她超生氣的耶？」

「那是在拚命掩飾害羞。瑪理娜其實很高興，因為每次你誇她漂亮，她的尾巴都會顫抖。」

大概是因為擁有特殊的三條尾巴，瑪理娜在故鄉似乎遭到排擠，除了家人，幾乎不會顯露出本性。

看她現在的模樣，我完全不覺得她是那樣的孩子，或許與雷烏斯的邂逅對她造成的衝擊就是如此之大。

她從未被人真心誠意地當面直誇漂亮，應該非常高興吧——艾爾貝里歐感慨地說。

「看來他們兩個是沒問題了。對了，我們接下來的目的地是帕拉多，你們之後打算去哪？」

「……其實，有件事想跟你商量。」

「有事想商量，交給大哥準沒錯！」

為何這句話是由你說出口？我想這應該是你信任我的證據，可是麻煩不要擅自幫我提高難度。

儘管有種會很麻煩的預感，艾爾貝里歐的表情實在太嚴肅，因此我集中注意力，準備聽他說明詳情。

「別把雷烏斯說的那句話放在心上。我是可以聽你說，但不保證能給出明確的答覆喔。」

「願意聽聽看就夠了。那個……可以請你幫忙訓練我嗎？當然會支付相應的謝禮。」

「……為何選我？因為我是鬥武祭的冠軍？」

「是的。基於某個目的，我必須盡快變強。」

「既然表明有目的，想必你會把理由告訴我吧。」

「是的，我會盡可能向你解釋清楚。」

艾爾貝里歐深深一鞠躬，先調整了一下坐姿才開始述說。

「我出生於帕拉多的貴族家庭，本來有個從小就互許終身的未婚妻。」

「從言行舉止就隱約看得出你是貴族，但你說『本來』有個未婚妻，意思是……」

「你猜得沒錯。其實數個月前，因為某些原因，我們的婚約作廢了……」

問題好像不在艾爾貝里歐身上，是貴族之間常見的政治聯姻嗎？

那種婚約大多是無視本人意願訂下的，不過他和那名女性是真心相愛，因此怎樣都無法接受。

「我親自去跟她的雙親理論，他們提出一個條件。」

「難道……」

「是的。對方要求我在鬥武祭上展現出配得上她的實力。」

艾爾貝里歐的劍術還算有名，所以對方才會提出這樣的條件。

我們無意之中妨礙到他，害我隱隱有一絲罪惡感，但說實話，以艾爾貝里歐的實力，想拿到冠軍並不簡單。就算我們沒有參賽，他也會敗給其他人。

他自己似乎也很清楚，體貼地叫我們不要介意。

「全是因為我自己實力不足。最壞的情況，我也想過要帶她一起逃走，不過我回去報告比賽結果時，他們好像挺滿意我留到八強賽，願意再給我一次機會。」

「條件是？」

「離這裡有段距離的山上，棲息著叫做葛吉夫的龍。他們要我單獨擊倒那隻龍。」

「龍嗎……現在的我不曉得砍不砍得了。那個葛吉夫是什麼樣的龍？」

根據艾爾貝里歐的說明，葛吉夫是擁有堅硬皮膚及鱗片的中型龍，是能在天上飛的一種翼龍。他必須把龍角帶回去，以證明自己打倒了牠。

「雖然很不甘心，那隻魔物對現在的我來說太強了……」

「暗中請別人代為打倒牠如何？是有點卑鄙，不過如果你無論如何都想與那位女性在一起，也不失為一種手段。」

「要我去砍了牠也行喔？」

「……除了我自己不想這麼做以外，如此一來就沒意義了。還有另一個條件，把龍角帶回去後，我還得贏過某位劍士，對方才會同意我們結婚……」

對方擁有能擊敗葛吉夫的實力，是最近開始嶄露頭角的劍士。

不管怎樣都必須變強，所以想請我訓練他……的意思嗎？

「我在鬥武祭親身體驗過的雷烏斯的那一擊，真的很厲害。而你又是雷烏斯的師父，若能接受你的鍛鍊，我覺得自己有可能辦到。」

艾爾貝里歐看起來沒有放棄的意思，即使我拒絕，他大概也會硬著頭皮挑戰，放著不管又會使我良心不安。

再說……之前在鬥武祭上，當我見識到艾爾貝里歐的技術，曾一度覺得他輸掉太可惜，忍不住出手幫了他。

代表我內心其實是想鍛鍊他的吧。

從跟他聊到現在的感覺來看，人品方面應該沒問題，對雷烏斯來說或許也會是不錯的經驗。

「我知道很自私，不過這就是理由。只要能變強，再辛苦我都願意忍耐，拜託了！」

「哥哥……」

女性組也聽見了這段對話，不知何時，大家的視線都集中在我們身上。

就這樣答應雖然也可以，但我想再多問一些情報。

「有期限嗎？」

「訂在她下次生日……正好半個月後。」

「半個月……有點趕。先聲明，不能保證接受我的訓練就打得倒那隻龍喔？」

「與其坐以待斃，我更想賭在相對有可能性的選項上。」

考慮到打倒那個叫葛吉夫的魔物後必須再移動到帕拉多，能鍛鍊他的時間連半個月都不到。

這樣……八成會相當辛苦。

不過，既然他都說了「再辛苦都願意忍」，就用不著再向他確認。

「……我明白了。我會在力所能及的範圍內鍛鍊你。」

「真的嗎！」

「不過要接受我的鍛鍊，代表這段期間你等同於我的徒弟。我和你不一樣，是個平民，但對弟子是不會手下留情的喔？」

其實大可不管什麼收不收徒，單純訓練他就好，然而要施以教育就得收對方為徒，是我的堅持。

其他人的師徒關係我不清楚，但我事先告訴他，就算同年，我們之間也存在明確的上下關係。

「我不介意。事實上，你的實力肯定高於我，而且看雷烏斯的態度就知道，你是可信的人。」

「喔，挺內行的嘛。大哥嚴格歸嚴格，不過跟著他就對了！」

「雖然我們相處的時間可能不會太長，今後請多關照，雷烏斯。不對，該稱呼你為師兄吧？」

「都是大哥手下的人，幹麼分輩分。還有，跟我講話不用那麼客氣啦。」

「這樣啊。那麼雷烏斯，多指教。」

「嗯！加油吧，艾爾貝……你名字好長，可以叫你艾爾嗎？」

「哈哈，可以啊。」

雷烏斯原本就是與人相處時很大膽的類型，但他和艾爾貝里歐特別親近。除了個性合得來外，雖說只有一次，艾爾貝里歐可是曾在鬥武祭上擋開過他的劍，雷烏斯應該也認同了他的實力。

兩人握著手相視而笑，瑪理娜卻一臉消沉。

「哥哥……」

「抱歉，擅自做了決定。不過這是必要的。之後妳可能會看到我的糗樣……」

「不，既然這是哥哥的決定，我沒有意見。而且，是我硬要跟過來的，沒資格多說什麼。」

「……謝謝妳。」

尊敬的哥哥要拜同年的男人為師，身為家人，瑪理娜心裡自然不是滋味。這部分希望他們等等回房後仔細談談。

因為我現在就要開始忙了。

「首先……從那個開始好了。」

由於時間不足，得先制定縝密的計畫。

我一邊思考與雷烏斯不同的訓練菜單，一邊竊笑。雷烏斯見狀，豎起耳朵和尾巴抓住艾爾貝里歐的肩膀。

「啊!?喂，艾爾！今天不要熬夜，好好休息！」

「你說什——」

「別問那麼多，快去休息！不把身體狀況維持在最佳狀態，明天會死喔！」

「知、知道了……」

為了摸透艾爾貝里歐的實力，我打算明天先跟他來場模擬戰，把他逼到瀕臨極限，雷烏斯好像立刻察覺到了。

之後，我們簡單安排好明日的行程，與艾爾貝里歐道別，發現不知不覺聊了很長一段時間。

天色也暗了，正當我和雷烏斯回房準備就寢……

「嗷嗚……」

「北斗先生問『還不幫我梳毛嗎』。」

「……抱歉，我忘了。我馬上過──呃，喂！別蹭窗子蹭那麼用力，會把它弄壞的！」

北斗從馬廄偷跑出來，從窗外露出頭寂寞地叫著，我只好先幫牠梳毛。

隔天。

艾爾貝里歐加入我們的晨練，做完暖身操後開始進行模擬戰……

「嗚啊啊啊啊啊啊啊啊──!?」

「大哥！手、手下留情──啊啊啊啊啊──!?」

兩位男子的慘叫聲，在早晨清澈的藍天下響徹四方。

之後，我們在驛站買完必需品，帶著艾爾貝里歐和瑪理娜一同離開。

「呼……買了好多東西。」

「畢竟是將近半個月的份。以這個人數，我覺得算少了。」

「因為我們主要是有缺的東西直接在當地張羅嘛。」

平常仍有空位的馬車，如今堆滿行李，只剩駕駛座能坐。因為我們選擇葛吉夫棲息的那座山的山腳做為據點，好盡量節省時間。

說是據點，其實只是以我們的馬車為中心，用在鎮上買的布及木板搭建簡易小屋，男性跟女性分開住而已。

「抱歉，這段期間麻煩大家辛苦點。」

「我一點都不會覺得辛苦，能待在天狼星少爺身邊就夠了。」

「我和姊姊一樣，只要能跟大哥在一起，住哪都無所謂。」

「而且對我們來說，這輛馬車已經可以說是家了嘛。」

「沒錯沒錯。有這麼好的生活環境還抱怨，是當不了冒險者的。」

「嗷！」

聽說山腳有條很乾淨的河，我們的馬車又附有廚房，連浴缸也能做出來。至於周遭的警戒則有北斗負責，設備遠比廉價旅館充實，所以大家的負擔似乎也減輕許多。

順帶一提，雖然沒有我們家的兩姊弟那麼誇張，兩兄妹同樣將北斗視為比自己高等的存在，第一眼看到牠就自然而然對牠使用敬語。

「比起我們，天狼星少爺不會比較介意嗎？您很期待去帕拉多對吧？」

「我確實對迪涅湖未知的食材很有興趣，不過城鎮又不會跑掉。況且等這起事件平安落幕，我打算請他們帶我逛逛帕拉多。」

「不錯呀。既然是當地人，對那裡應該挺瞭解的。」

弟子們都表示贊同，這樣我就能放心鍛鍊艾爾貝里歐了。

離艾爾貝里歐所說的期限，剩下半個月……

我們在目的地設立據點，準備好生活所需的設備後，正式開始鍛鍊艾爾貝里歐。

「透過之前的模擬戰，我已經知道你的程度，這次我想調查體力的極限。你現在就開始跑步，跑到體力不支為止。」

「請、請手下留情……師父。」

由於他成了我的徒弟，艾爾貝里歐開始稱呼我為師父。

不曉得是不是因為他在前幾天的模擬戰被我修理得落花流水，艾爾貝里歐看起來十分不安，雷烏斯露出一如往常的笑容，拍拍他的肩膀：

「喂喂喂，不能怕成這樣啦。反正最後都會累癱，帶著更正面的心情努力吧！」

「說得倒簡——不，有道理。畏畏縮縮怎麼可能變強呢。」

「就是這樣。那我先走囉！」

聊了幾句後，雷烏斯率先飛奔而出，艾爾貝里歐則苦笑著跟上。我正準備追向兩人，發現瑪理娜在不遠處擔憂地看著哥哥。

「哥哥……」

「不行唷，瑪理娜。這是妳哥哥自己做的決定，我們該默默守候他。」

「可是，哥哥之前才被累昏，萬一他出了什麼意外……」

「對喔，我們看習慣雷烏斯的訓練了，但對瑪理娜來說，這樣非常令人不安。」

「為了變強，這是必須的。再說天狼星很清楚他人的極限，只要艾爾貝里歐還撐得下去就不用擔心。相信男人並且等待，也是成為好女人的祕訣唷。」

女性組因為受過我的訓練，願意體諒我的做法，然而看在不知情的人眼裡，只會覺得這是在拷問，瑪理娜會擔心也很正常。

見艾米莉亞她們毫不擔心，瑪理娜稍微冷靜了一點。

「比起這個，妳哥哥那麼努力，妳只要在旁邊看就滿足了嗎？」

「對呀。反正都要等他訓練完，妳也來讓自己變強，嚇哥哥一跳怎麼樣？要不要跟我們一起練習魔法？」

「……說得也是。只是在旁邊看，不符合我的作風。」

「那麼方便告訴我妳的屬性嗎？我是風。」

「呃，我是火屬性……」

我得專心訓練艾爾貝里歐和雷烏斯，所以有點擔心瑪理娜，不過看這情況應該不會有問題。

我對點頭叫我放心交給她們的女性組揮揮手，追向那兩人。

數小時後……

「嗚呃！」

「哥哥!?」

在山腳跑了好幾圈，不時切換成全速的艾爾貝里歐終於回到據點，瞬間倒在地上。瑪理娜立刻跑向他身邊，莉絲則更快趕到，檢查他的狀態。

「哥哥！振作點！」

「請安靜點。身體……沒受傷。呼吸……雖然很急促，還在容許範圍內。先補充水分……」

「莉絲，水來了。」

「謝謝。或許有些困難，有辦法自己喝水嗎？」

「呼……呼……可、可以……」

「不用勉強說話。天狼星前輩，你的診斷是？」

「……沒事。沒有後遺症。」

我觸碰艾爾貝里歐發動「掃描」，沒檢查到明顯的後遺症，疲勞度正好超過極限一點。

艾米莉亞也拿了溫水過來，而非冰水，休息一下就會恢復了吧。瑪理娜因為哥哥被累成這樣，狠狠瞪著我，然而看到我們俐落地照顧他，就閉上嘴巴了，大概是發現自己什麼都做不到。

過了一會兒，莉絲跟艾米莉亞判斷艾爾貝里歐身體沒有大礙，暫時離開，這時獨自跑遠的雷烏斯回來了，看見癱倒在地的艾爾貝里歐，面露苦笑。

「就告訴你不能配合我的速度了。艾爾，還好嗎？」

「哈哈……確實……是我失策。難怪你這麼強……」

「喂、喂！哥哥和你不一樣，很纖細的。不要打亂哥哥的步調！」

「不管怎樣，他都得跑到累癱才行啦。呼……」

「你是因為已經習慣——咦!?」

由於我叫他休息時要好好休息，雷烏斯拆下裝在手臂及雙腿的負重器。

瑪理娜將無處發洩的怒火宣洩在雷烏斯身上，看見他卸下的負重器陷進地面，頓時語塞。

「嗯?怎麼了?」

「……那是什麼?」

「負重器啊。大哥也有戴喔?」

「我才不像你戴那麼多。之後我打算讓艾爾貝里歐也戴上。」

雖不確定他有沒有辦法在剩下半個月內抵達那一步，但據我推測，應該用不了太久。

畢竟從客觀角度來看，艾爾貝里歐很優秀。儘管基礎體力不太足夠，能準確瞄準對手武器的技術，只能以精湛形容。精神力及毅力也堪比雷烏斯，挺有鍛鍊的價值。

我講出要讓他戴負重器的瞬間，瑪理娜急忙跑向正在補充水分的艾爾貝里歐。

「哥哥，別再訓練了！你都累成這樣了！」

「抱歉。就算是妳的請求，我也不能答應。是我主動拜託人家，不能輕易放棄。」

「可是，這樣下去你真的會死！」

「別擔心，我在和她結婚前不會死。而且我意識到了，之前的我真的太過天真……我切身體會到了這點。」

「光是知道這點就夠了吧。下午也要訓練，艾爾，你好好休息。」

「……明白。反正我完全動不了。」

我將艾爾貝里歐交給雷烏斯和瑪理娜照顧，詢問正在烹飪區做菜的女性組：

「午餐準備得如何？」

「已經煮好了。要吃飯了嗎？」

「我們是沒問題，不過再讓艾爾貝里歐休息一下吧。我去照顧那傢伙，麻煩妳們準備一下。」

「是！」

艾爾貝里歐現在八成吃不下任何東西，得讓他休息，一邊對他使用再生能力活性化，恢復到能攝取食物的程度。

因此我觸碰艾爾貝里歐的背部，提高他的再生能力，坐在旁邊休息的雷烏斯看著站在一旁的瑪理娜，歪過頭。

「欸，瑪理娜，妳在幹麼？艾爾沒事了，妳去幫姊姊她們的忙吧？」

「呃!?我、我擔心哥哥……」

「謝謝妳關心我，我沒問題的。去那邊幫忙吧。」

「……知道了。」

瑪理娜勉為其難地離開，在幫艾米莉亞她們準備午餐時，看見想必是第一次見到的料理，兩眼閃閃發光。

「漢堡排？把肉剁碎後再捏成圓形，就會產生這麼大的變化呀。還有這個湯，明明煮了那麼久，裡面卻沒放料耶？」

「那是艾爾貝里歐先生的午餐。」

「這、這就是哥哥的午餐!?」

「因為他現在太累，吃不下固體食物。不過光喝這個湯就挺飽的喔，要不要試喝看看？」

瑪理娜大概想到這鍋湯是女性組費了一番工夫熬成，接過菲亞遞給她的湯瓢，嘗到與外觀截然不同的味道，睜大眼睛。

「味道好淡……可是為什麼呢？有股非常溫柔的感覺。」

「對吧？我累倒的時候是天狼星做的，多次受到它的幫助呢。」

「但這樣還不夠完美唷。明明是照天狼星少爺教的做法煮，還是不太一樣。」

「是因為經驗差距嗎？搞不好是燉湯的時間，或是撈浮沫的方法有什麼祕訣。」

「這也是天狼星先生發明的？」

「畢竟天狼星少爺是我們的主人嘛！」

「嗷！」

艾米莉亞和從山裡回來的北斗驕傲地挺起胸膛，彷彿被稱讚的人是自己。順帶一提，我拜託北斗代替我們去找食材，結果牠不只帶了魔物的肉，還連山菜都採回來了，實在很全能。

午餐時間，累到動彈不得的艾爾貝里歐，連喝湯的力氣都沒有。

這種時候，照理說該輪到專業隨從艾米莉亞出場，然而……

「哥哥，還好嗎？」

「勸你逼自己喝下去。否則下午會撐不住喔。」

雷烏斯跟瑪理娜勤快地照顧他，看來用不著派出艾米莉亞。

「嗚……我真沒用。」

「大哥的徒弟全都經歷過這種事。來，我餵你喝湯。」

「哥哥由我負責照顧，你安靜一點！」

「誰來照顧都沒差吧？」

「不，你們的好意我都心領了。因為我已經決定，只有她能餵我吃飯。」

看來艾爾貝里歐挺專情的。

莉絲照顧他時，他也沒有絲毫動搖。也對，若非他如此專情，實在不可能做到這個地步。

「可是傷腦筋。我不想說喪氣話，但實在不覺得下午我會有力氣動。」

「放心啦。理由……嗯，你自己體驗看看就知道。」

「我知道你沒食欲，不過你必須盡量多吃一點。吃完飯再補個眠。」

「「補眠？」」

兄妹一同歪過頭的模樣，與過去的兩姊弟如出一轍。

我感到有些懷念，結束熱鬧又祥和的午餐時間。講點題外話，剩下的湯當然被雷烏斯和莉絲喝得一乾二淨。

由於疲勞的關係，艾爾貝里歐用完餐很快就睡著了，我正準備伸手觸碰他，瑪理娜就介入其中，狠狠瞪著我。

「要是你敢對哥哥做什麼，我絕對不會饒你。」

「妳擔心的話可以在旁邊看。瞧，我只有碰他而已。」

瑪理娜允許我把手放在他肩上，因此我苦笑著發動再生能力活性化，提高艾爾貝里歐的回復力。我想小憩一小時就夠了，等他恢復就盡全力鍛鍊他，再用同樣的手段治療，如此反覆。

拜其所賜，這種訓練方式效率比一般的訓練高上二至三倍，照理說半個月就會有不錯的成效。重點在於不會半途而廢的精神力，艾爾貝里歐應該是沒問題。

雷烏斯也躺到我旁邊休息，瑪理娜卻不肯離開艾爾貝里歐身旁。

「喂，艾爾只是累得睡著，幹麼那麼擔心？」

「……跟你沒關係。」

「是跟我沒關係沒錯，可是妳好像以前的我，我看不下去。妳擔心過頭了啦……」

雷烏斯大概是想說她太依賴哥哥了。

就像過去依賴姊姊艾米莉亞的自己。

「別把我跟你相提並論。」

「不，我以前也跟妳一樣，沒有姊姊在就不行。現在不同了，妳看。」

「天狼星少爺，請張開嘴巴。」

這時，艾米莉亞帶著滿面笑容走過來，將切成一口大小的水果遞給我，我張嘴吃下。

「呵呵呵……要再來一塊嗎？」

「姊姊，我也要。」

「放這邊，自己吃。」

「妳看？」

「……對不起，我不太能理解。」

不好意思，我也不太能理解。

「意思是，以前我都會吵到姊姊餵我吃，現在因為姊姊過得很幸福，我覺得這樣也很好。總之就是，妳太擔心了。」

「我知道啊……我也希望哥哥幸福。」

看來她很清楚自己操心過了頭，瑪理娜看著哥哥安詳的睡臉，露出自嘲的笑容。

「因為……是哥哥一直保護我，我才能活到現在。所以我必須為哥哥做任何事。」

「艾爾是這麼希望的嗎？」

「和他希不希望無關。哥哥想跟那個人結婚，我就會盡全力幫助他。」

「那就別阻止妳哥哥。艾爾現在必須變強才行。」

「死掉不就沒意義了！哥哥有時很脫線，我必須保護他！」

看來，瑪理娜比想像中更依賴哥哥。

她似乎從小被哥哥保護到大，某種意義上來說，會這樣也很正常。

本來應該也聽聽艾爾貝里歐的說法，和他一起討論……可是現在不適合管太多。

「怎麼說咧……不只艾爾，妳也得變強才行。」

「不好意思，我對火魔法還滿有自信的。如果敢再對哥哥做奇怪的事，小心我把你們燒成焦炭。」

「不是那個意思，就說妳——算了，我可能又會不小心講錯話。」

雷烏斯差點說溜嘴，最後忍了下來。

我覺得他大可直言不諱，不過學會開口前要先仔細思考，倒是值得稱讚。

「幹麼？話不要講到一半好不好！」

「下次再說。再吵下去艾爾會醒來的，安靜點。」

「啊！」

「唔……帕梅菈……我……」

由於他們講話音量太大，艾爾貝里歐咕噥了一聲，不過那似乎只是夢話，兩人鬆了口氣。

他的夢話疑似提到女性的名字，我猜那就是他所說的未婚妻。

之後直到艾爾貝里歐醒來，雷烏斯和瑪理娜都維持著尷尬的氣氛。

我帶著雷烏斯和睡醒的艾爾貝里歐，來到離據點有段距離的廣闊草原。

「好厲害……師父和雷烏斯說得沒錯，身體的疲勞全都消除了。」

「那麼下午的訓練不會有問題吧？」

「是、是的！」

「今天開始，會一直像剛才那樣反覆訓練跟恢復。總之就是靠次數讓你變強，可是在你撐不下去的瞬間，訓練就會結束。記好了。」

「是！」

休息片刻身體就徹底恢復，令艾爾貝里歐大吃一驚，然而重頭戲現在才開始。

離開據點也是為了避免波及四周。

我將木劍遞給兩人，連站在我旁邊的雷烏斯都有份。

「喔，要打模擬戰是吧，大哥。從誰開始？」

「兩個一起。你們認真攻過來。」

「「咦？」」

我和他們拉開一定的距離，拿起木劍。

兩人都一副不知所措的模樣，不過我一釋放殺氣，他們便反射性舉起劍，可以給個及格分。

「雖然還有其他訓練，從今天起，你們每天都要合力與我進行模擬戰。當然要拿出真本事。還有，艾爾貝里歐。」

「什、什麼事？」

「在你打中我一擊前，不准去找葛吉夫。就算期限將至，我也不會允許你進山。」

「咦!?那……」

「給我做好覺悟。再說只需要打中一擊就好，雷烏斯也一起。不是不可能吧？」

「確、確實。只要想辦法打中一擊——雷烏斯？」

艾爾貝里歐露出看見一絲希望的表情，握好木劍，雷烏斯卻冷汗直流，將注意力集中到極限。

「艾爾……不要有『不想傷到大哥』這種多餘的念頭喔。」

「嗯、嗯。之前被他揍得那麼慘，我很清楚這點。我會……認真戰鬥。」

「不對！要更認真……帶著殺意戰鬥！當成是在跟龍對決，而不是人！」

「可是師父……」

「大哥一旦認真起來，再怎麼想殺他都辦不到！別問那麼多，快擺好架勢！亂動的話……會被折斷喔！」

「被、被折斷!?」

「那麼……放馬過來吧。」

就這樣，兩人的試煉揭開序幕。

數小時後……我回到據點，將被我抱回來的兩人放到地上。

「噗呃！」

「哥哥!?還有你也是啊!?」

全身挫傷，加上體力耗盡……不對，是被我逼到筋疲力盡，所以他們只是處於

累癱狀態。過一陣子就會恢復吧。

雖然累倒的人多了一個，狀況跟吃午餐前幾乎沒有差別，眾人聚集到地上的兩具屍體前。

「嗚……啊啊……不是龍……那不是龍……」

「龍!?難道你去和葛吉夫戰鬥了……哥哥！」

「唔唔……莉絲姊……」

「乖乖乖，現在就幫你治療。」

「天狼星認真起來，連雷烏斯都不能全身而退呢。」

我預計等莉絲治療完兩人身上的挫傷，再對他們使用再生能力活性化。離晚餐還有一段時間，接下來的課題是一對一模擬戰，所以得讓他們復活才行。

兩人被魔法之水包覆住，緩緩痊癒，艾米莉亞拿著藥箱走到我旁邊：

「天狼星少爺沒受傷嗎？」

「嗯，我沒事。」

本以為同時對付他們兩個可能會陷入苦戰，結果並沒有。

其實如果他們認真進攻，理論上我被打中一擊都不奇怪，因為這兩人的實力確實有到這個程度。

前提是他們合作順利。

好吧，即使某種程度明白對方的戰鬥模式，突然要他們聯手作戰也是不可能的。事實上，兩人都在各行其是。雷烏斯和往常的模擬戰一樣直接衝過來，艾爾貝里歐則顯得有些猶豫，與我保持一定距離伺機而動。

戰況幾乎是一對一，先打倒雷烏斯再處理艾爾貝里歐即可，因此我不僅毫髮無傷，疲勞也微乎其微。

我將模擬戰的過程告訴女性組，她們同時面露疑惑。

「兩個人一起？為什麼呢？」

「這樣您會很累，雖然雷烏斯很可憐，現在不是該以鍛鍊艾爾貝里歐先生為主嗎？」

「看到他們的戰鬥方式，有一點很令人在意。其實——」

雷烏斯和艾爾貝里歐……成為好朋友的兩人，戰鬥方式卻差了十萬八千里。

首先是雷烏斯，由於剛破一刀流和萊奧爾的影響，除非有特殊理由，他傾向於正面進攻。

我不認為這樣有錯，模擬戰的時候也會教導他其他進攻方式或技術，不過雷烏斯習慣仰賴本來就很敏銳的動態視力及本能戰鬥。

還有，經常藉由強大的臂力直接擋住攻擊，靠蠻力壓制對手。

相對的，艾爾貝里歐基礎體力雖然不足，運用小動作的技術和預測對手行動的能力卻非常優秀。之前的鬥武祭上，他就曾發揮這項優勢，擋掉一次力量明顯勝過自己的雷烏斯的攻擊。

艾爾貝里歐是為了保護未婚妻才想變強，所以專注在守備上。該怎麼說呢，想必會是個很適合聖騎士（Paladin）之稱的男人。

由於這個緣故，他習慣採取守勢，幾乎不會主動進攻。

鬥武祭時比起進攻，他大多在伺機而動，剛才也一直在猶豫該如何發動攻擊。

「透過剛才的模擬戰，他們應該知道不可能憑一己之力打倒我了。也就是說，他們將學會聯手，觀察搭檔以互相配合。」

等等之所以要舉行一對一模擬戰，目的也在於此。

攻擊與防禦……兩人擁有對方不足的部分，我希望他們學著觀察，發現自身的不足之處。如果過幾天還沒有變化，我打算直接講明白，但我期待他們能自己注意到。

「我預計以提升基礎體力為重點，反覆進行模擬戰，讓他累積經驗。」

艾爾貝里歐碰到從未經歷過的攻擊時，好像會有點不知所措。雷烏斯則會靠本能或直覺硬是躲開，足以應付一定程度的攻擊。

所以我每次進行模擬戰都會變更戰鬥方式，培養他們的判斷力，以便在發生意外時能臨機應變，迅速採取行動。

畢竟戰鬥可不是死背守則就解決得了的問題。

「哦……原來如此。」

「順便說一下，不如說這是我最關心的事，我希望艾爾貝里歐成為與雷烏斯對等的朋友……能稱之為夥伴的存在。」

「啊啊……真的很抱歉。都是因為我弟弟那副德行……」

「雷烏斯對我而言也像弟弟一樣，這點小事不算什麼。」

艾米莉亞是我的戀人，雷烏斯遲早會真的變成我內弟吧。

「天狼星少爺……」

「雖然我講過好幾次了，比起哥哥，你的角色更像父母呢。欸，孩子的媽，今晚我想吃熱騰騰的燉牛肉。」

「好歹讓我當爸爸吧……這是哪門子的撒嬌方式？菲亞，妳適合更光明正大的撒嬌法喔。」

「那……今晚我想吃燉牛肉。如果你願意做給我吃……晚上就多服務你一下。」

「這次反而積極過頭了。」

菲亞的手指撫過我的胸口，我一面和她打打鬧鬧，一面悠哉地等待兩人復活。

至於艾米莉亞，她聽見我剛才說的話，想像著幸福的未來，心情好得不得了……

「呵呵呵……在正式成為天狼星少爺弟弟的雷烏斯的祝福下，懷上天狼星少爺愛的結晶……啊啊……」

「該回神囉。」

「請再稍等一下！現在剛懷上第二胎！」

「竟然拒絕了!?」

今天，艾米莉亞也狀況絕佳。

隔天……今天也一早就要慢跑，艾爾貝里歐再度累倒在地，不同於昨天的是，他似乎學會調整速度了，還留有能講話的力氣。

因此在午餐煮好前，我讓他自由行動，然而……

「還是我從正面攻擊大哥，你從側面比較好吧？」

「不，你的劍攻擊範圍很廣，可能會波及到我。」

他沒有默默休息，而是在與雷烏斯商量戰術。

我在內心揚起嘴角，邊煮菜邊聽兩人的對話。

「況且我還完全跟不上師父的動作，我想多累積點經驗。」

「可是沒剩多少時間了吧？乾脆豁出去，同時從正面上怎麼樣？」

「但我的劍不適合——」

兩人語氣愈發激動，可見他們有多認真。除非他們大打出手，否則我打算默默放著他們討論。

待在一旁的瑪理娜看起來有些寂寞，不曉得是不是因為難以加入對話。

「就跟你說正面上也沒用了！應該同時從側面進攻！」

「那種小伎倆對大哥才不管用！既然這樣就要直接正面對決！」

「真是……沒完沒了！乾脆兩種都試試看！」

「好，那比較有效的一方，晚餐可以拿走對方的一道菜！」

之後還會舉辦好幾場模擬戰，兩種都試試看也不錯。從失敗的經驗中也能學到東西。

他們對彼此不再客套，似乎成了我理想中的關係，所以我挺開心的。

「說到晚餐，你有意識到嗎？哥哥現在只有一道湯可以吃喔。」

「啊!?算了，也行啦。反正大哥做的統統都好吃。」

「這樣哥哥要吃什麼！與其讓你拿走哥哥的份，不如我的給你！」

「真的假的!?謝啦！」

「咦!?啊……嗯。我、我答應你，不過贏的人肯定是哥哥！」

不只艾爾貝里歐，瑪理娜和雷烏斯講話也不再拘謹。

儘管這對兄妹身上還有許多未解之謎，遇見他們真是太好了。

我心想「這次的邂逅對雷烏斯來說，想必會是不錯的刺激」，露出滿足的笑容，撈掉鍋裡的浮沫。

順帶一提，他們想到的戰術執行後的結果是……

「兩種都不行。先不論攻擊方式，你們未免太沒默契了。重來。」

「「……是。」」

兩人所有攻勢都被我防住，遍體鱗傷，同時倒向地面。

——雷烏斯——

今天的模擬戰結束後，比艾爾先恢復的我稍微動了幾下，檢查身體狀況。

「嗯……沒有問題。」

我的恢復速度也變快了嘛，雖然有部分是因為大哥和莉絲姊幫忙治療。

明明被大哥揍得那麼慘，卻已經恢復到有力氣揮劍。

「艾爾……看來還得花些時間。」

「這還用說嗎！我講過好幾次了，別把哥哥跟你相提並論！」

晚餐得等艾爾醒來才會開飯，要不要去練一下劍咧？

啊，對了。有瑪理娜在的話就能練習那個，拜託她看看好了。

「欸，妳的屬性是火屬性對吧？」

「……對呀。」

「那我想拜託妳用魔法攻擊我。」

「什麼!?」

「唉，為什麼我要做這種事……」

我帶著不停碎碎念的瑪理娜，來到離據點不遠的廣場。

聽見我想做的事，瑪理娜露出非常怪的表情，但還是答應了，看來她是個好人。

「有什麼關係？之前妳不是說要把我燒成焦炭？」

「那是不小心脫口而出，不是真的要……」

「總之拜託囉。不用客氣！」

「後果自負喔！」

我拜託瑪理娜對我施展火魔法，練習以大劍劈砍。

風和水可以拜託姊姊他們，土或岩石的話隨便找就有，可是火屬性的人只有我一個，所以一直都沒什麼練習對付火魔法的經驗。

瑪理娜射出的火球體積很大，難怪她那麼有自信。我不斷砍碎一顆接一顆射過來的火球。

「你這人真的很奇怪。不燙嗎？」

「小心點就沒問題。比起這個，數量可以再多一點！」

「這樣呀，那就如你所願！」

「來啊——噢!?」

瑪理娜配合我的要求，增加火球數量，不過這種程度我還應付得來。

因此我順利破壞掉所有火球，只有最後一顆即使被劍砍中也沒消失，甚至穿過我的身體。

「哼哼，上當了吧。剛才是誰那麼有自信？」

「難不成，是那個能讓人看見幻影的能力？」

「沒錯。如果這是真正的戰鬥，你早就已經沒命了，給我好好——」

「好厲害！連火的幻影都做得出來啊。」

「反省——唔咦!?」

外觀和真正的火球一模一樣，再說兩者同樣是由魔力構成，因此我在砍中前完全分不出來。

我誇她「視使用方式而定，會是很強的殺手鐗耶」，瑪理娜滿臉通紅，驚慌失措。

「怎麼了？再多來幾顆啊，這次我一定會看穿！」

「啊啊討厭！你到底……到底是怎樣啦——！」

「很好！就是這樣！」

瑪理娜好像有點自暴自棄，我又說錯話了嗎？

可是在遠方看著我們的大哥和姊姊他們都在笑……應該沒問題吧？

雖然一頭霧水，現在得專注在這些火球上才行。

到最後，我還是不明白瑪理娜為何那麼慌張，不過跟她一起訓練很開心，所以就算了吧。

——天狼星——

過了幾天，模擬戰的次數超過三十時，兩人身上產生明顯的變化。

「喝啊啊啊啊——！」

「那邊嗎!?」

基於剛破一刀流的特性，雷烏斯的劍大多是從正上方直接往下揮，這次卻是從側面砍過來。

絕妙的高度令我猶豫了一下該如何應對，考慮到之後的行動，我決定蹲下閃避。

把木劍揮到底的雷烏斯露出了破綻，艾爾貝里歐卻在完美的時機從死角竄出來，往我的肩膀斜劈。

「喝啊啊啊啊啊！」

如果剛才的攻擊我選擇跳到空中，八成只能乖乖吃下這一劍。我雖然有能在空中行動的「空中踏臺」，和他們進行模擬戰時一律禁止使用。

然而，我現在並不是在空中，而是穩穩踩在地上，因此我將木劍斜舉，擋掉艾爾貝里歐的攻擊。

「再一次！」

雷烏斯卻順著揮劍的動作原地旋轉，直接又往我這邊橫砍。這一劍高度較低，與其跳到空中，我選擇往後閃躲，艾爾貝里歐立刻追擊。

雷烏斯專注在攻擊上，艾爾貝里歐負責填補空檔。是善用個人能力的最佳戰術。他這麼一轉身，背部會毫無防備，但雷烏斯相信艾爾貝里歐，放棄防守，專心進攻。因此雖然有辦法閃躲他的攻擊，要單純擋掉卻有些難度。

隨著模擬戰的次數越來越多，兩人的攻勢愈發猛烈，默契也與日俱增。我察覺自己逐漸被逼入絕境，同時也為兩人的成長感到喜悅。

「很好！可是還不夠！」

「還沒完呢！」

「雷烏斯！」

這時，雷烏斯的攻擊頻率下降，艾爾貝里歐的攻擊則變得更加激烈，大概是攻守互換了。

切換(Switch)嗎？以打亂我步調的戰術而言還不錯。

跟剛開始比起來，艾爾貝里歐已經不再猶豫，揮下來的劍強力到讓人想到雷烏斯的猛攻。

雷烏斯則開始學習艾爾貝里歐慎重的作風，會瞄準破綻突刺，或是用小動作牽制我的行動，而非只靠蠻力壓制敵人。

我本來只希望他們刺激對方，就算只有一點也好……沒想到竟然能互相提升到這個境界。看來這兩個人比我想像中更加契合。

真的……成長了呢。

那麼，接下來你們又會使出什麼招式？

「可惡，大哥在笑！還不夠！」

「那就用那招！我配合你！」

「喔！」

艾爾貝里歐一打信號就擋在我面前，將雷烏斯護在身後。

躲在死角是沒問題，但雷烏斯視線應該也會被他擋住，看不見我，不好進攻才對。

我警戒著後方的雷烏斯，思考該如何對付艾爾貝里歐，擺好架勢時，感知到雷烏斯正在集中魔力……

「嘿啊啊啊啊！」

隨著木劍揮下，衝擊波擴散到四周，是剛破一刀流的「衝破」。從那個位置使用這招，理應會波及艾爾貝里歐，他卻在雷烏斯揮劍的同時躍向正上方，閃掉衝擊。

艾爾貝里歐看都沒看背後一眼，彷彿對雷烏斯的動作瞭若指掌。

「挺厲害的嘛！」

我察覺到的時候，衝擊波已經快要釋放出來，因此我發動「增幅」，跳向右斜前方。「衝破」是針對前方的扇狀攻擊，盡快逃到攻擊範圍外就行了。

衝擊波從身旁擦過，餘波令我的身體為之晃動，我改變方向，衝向雷烏斯身前。趁艾爾貝里歐還沒落地，不能自由行動的期間處理雷烏斯吧。

「大哥！」

然而，雷烏斯猜到我會閃開，立刻將揮到底的木劍往上砍，試圖迎擊。

我輕輕踢了地面一下，減緩速度，製造出時間差讓雷烏斯的劍揮空，在準備一口氣解決他時感覺到殺氣，往旁邊一看……

「師父！」

艾爾貝里歐逼近到我身前，對我揮下木劍。

以時間來說他應該才剛落地，為何如此迅速？簡直像空中有施力點給他踩踏——

「唔!?」

先防禦再說。我立刻切換思緒，以手中木劍架住艾爾貝里歐的劍。氣勢洶洶的這一劍使我差點被壓制住，這時雷烏斯才剛揚起的木劍，正在朝我揮下。

第一擊「衝破」和之後的上砍都是牽制用，真正的目的是這個嗎？假如他用的是平常那把沉甸甸的大劍，上砍後應該得停頓一下，正因為他現在拿的是輕盈的木劍，才做得出這種動作。

理解戰況，為了獲勝採取最適當的行動……不賴嘛。

「這樣如何！」

就算想防禦，我的木劍正在抵禦艾爾貝里歐的攻擊。況且直接吃下雷烏斯的一擊，木劍八成會先碎掉。

因此……

「喔哇!?」

「!?糟糕!?」

我果斷放棄擋住艾爾貝里歐的劍，帶著他一起倒向地上。

如此一來，雷烏斯的木劍會直接命中艾爾貝里歐，但他硬是讓劍路偏移，往地面砍去。這段期間，我和艾爾貝里歐一起在地上滾了好幾圈，最後靜止在我騎到他身上的姿勢。

雷烏斯立刻衝過來，眼看我掐著艾爾貝里歐的脖子，被迫停下腳步。

「……我投降。」

「不……贏的人是你們。」

脖子被我掐住的艾爾貝里歐主動投降，不過這場模擬戰是我輸了。

「等等，為什麼是大哥輸？」

「看看我的側腹。」

這場模擬戰，我給他們的勝利條件是打中一擊……也就是使我未能防禦住他們的攻勢，所以在被艾爾貝里歐的木劍碰到側腹時，就已經分出勝負。

其實我們扭打著在地面滾動之際，我一直試圖壓制在他上方，艾爾貝里歐處於這種狀態下，依然用木劍擊中我的側腹。

儘管分不清是巧合或下意識的行為，也一點都不痛，打中就是打中了。

就乖乖認輸吧。

「我是在無意識間打中的，這樣也算數？」

「你們的劍術和團隊合作都進步這麼多，我怎麼能不承認呢。」

「真的嗎！」

當時跳到空中的艾爾貝里歐之所以能馬上追過來，是因為用了「空中踏臺」吧。只要靜下心偵測魔力，就能感應到艾爾貝里歐跳躍的位置有魔力殘留。

我沒有教過他，八成是雷烏斯傳授的。我確實不能使用「空中踏臺」，不過並未禁止兩人使用，算他們過關好了。

雖然這麼做有點太寵他，但不通過訓練就連挑戰葛吉夫的機會都沒有，未免太可憐，加上艾爾貝里歐確實有所進步，我看也夠了。

只不過，艾爾貝里歐因為用不習慣的「空中踏臺」消耗掉太多魔力，導致魔力枯竭，站不起來。

即使如此，他依然高興得顫抖，看著天空露出燦爛笑容。

「之前的辛苦有了回報。今天先休息吧，明天再去找葛吉夫。」

「是！」

「太好了，艾爾！」

我確實給自己加了各種限制條件，但並沒有放水。

為了提高他的覺悟與實力，我用非常緊迫釘人的速度訓練他，幸好來得及。

至於最重要的期限，除去移動到帕拉多所需的時間還剩幾天，應該足夠了吧。

只要拜託北斗，應該一下就能找到葛吉夫，我預估再兩天左右就能撤掉這個據點。

「好！快點回去跟瑪理娜報告！」

「我也很想這麼做，可是動不了。再讓我休息一下。」

「那我帶你回去。你之前說抱是女生專用的，所以我用背的吧。」

「就跟你說──哇!?」

「出發！」

「唉……他還是老樣子。」

雷烏斯高興得像自己遇到好事似的，背起艾爾貝里歐飛奔而出。看他態度如此強硬，我不禁苦笑，不過艾爾貝里歐看起來也很開心，肯定不是錯覺。這兩人真的成了一對好朋友。

儘管他們也會因為意見不同起爭執，年齡相近使他們的羈絆日漸加深，終於變得能像剛才的模擬戰那樣合作無間。

加上他們還會吸收彼此的技巧，讓兩人聯手作戰果然是正確的決定。

當然，不只二對一的模擬戰，我也有好好進行個別訓練，艾爾貝里歐現在應該遠比之前還要強。

「真是。我都動不了了，你還這麼有精神。」

「用大哥的招數，會累是正常的，而且你浪費太多魔力啦。」

「別說了。我自己明白。」

「哈哈哈！那就乖乖被我背回去吧。」

我懷著滿足的心情，追向邊跑邊笑著閒聊的兩人。

當天晚上……為了慶祝艾爾貝里歐通過我給他的考驗，終於要去挑戰他的主要目標葛吉夫，我們煮了頓有點豪華的晚餐。

最近不只北斗，女性組也會出門找食材，反觀我們只顧著訓練，有種被包養的感覺。

總之，今晚的菜色有北斗和女性組採來的各種山菜，加上一整塊烤肉跟悶燒河魚。還去了城鎮幾趟，補充調味料之類的東西，所以今天試著做了兄妹倆愛上的咖哩。

「哥哥，這一刻終於來了！」

「嗯。不過關鍵在明天，我得把神經繃得更緊一點。」

從前幾天開始，艾爾貝里歐訓練後也能正常進食，現在正一口接著一口把消耗掉的體力補回來。結果在吃到一半時噎到，急忙灌水，艾米莉亞和菲亞在一旁無奈地看著。

「繃緊神經是很好，不過還是吃慢點吧？」

「這是天狼星少爺做的料理，我認為你該細細品嘗。」

「咳……說得對。這可是師父特地做的咖哩。」

「順帶一提，咖哩涼掉後再加熱一次，味道會滲進料理，變得更加美味。所以留到明天吃也行喔？」

「真的嗎!?不過……嗚嗚，真令人猶豫……」

「哥哥，今天只吃一碗，剩下的明天再吃如何？」

「嗯，就這麼辦。」

這對兄妹是在這種時候忍得住的類型。

相較之下，我們家的兩位貪吃鬼……

「大哥，再來一碗！」

「我也要。」

看來煮兩鍋咖哩，一鍋給我們、一鍋給兩兄妹是正確的。

雖然我認為雷烏斯和莉絲再怎麼樣也不至於偷吃，以防萬一，拜託北斗看著鍋子好了。

吃完晚餐，我們喝著艾米莉亞泡的紅茶，討論明天的行程。

「明天一大早就進山。北斗記得葛吉夫的氣味，照理說馬上就能找到。」

「不愧是北斗先生，請問您是什麼時候聞過葛吉夫的氣味？」

「……嗷。」

這句話用不著翻譯我也聽得懂。牠移開目光，打馬虎眼。

是「就那樣……」的意思。

「北斗去找食材的時候，已經狩獵過葛吉夫」或「你們正在吃的就是葛吉夫的肉」這種話，我怎麼可能說得出口。

不僅如此，其實我也已經和葛吉夫交戰過。

因為想預先掌握牠的力量，以評估艾爾貝里歐一個人贏不贏得了。順帶一提，我是趁兩人在模擬戰上昏倒後去的。

最後我判斷牠是現在的艾爾貝里歐能取勝的魔物。

艾爾貝里歐本來就擅長閃躲，要看穿葛吉夫的攻擊並非不可能，問題在於進攻方式和一擊的殺傷力……也就是攻擊力不足。

不過，這部分也在與雷烏斯共同作戰期間練起來了，相信他只要別大意，葛吉夫也應付得來。

「我想你當然明白，我跟葛吉夫的動作和體型都截然不同。你要看清楚牠的動作。」

「是，我會努力瞄準，閃避攻擊。可是……對手是龍，我有點擔心現在的我真的打得倒牠嗎？」

「我是沒跟那傢伙打過啦，不過很少人比大哥更有魄力。更重要的是，和北斗先生比起來，我認為那隻龍算不了什麼。」

「也、也對。有過那些經驗，總覺得區區葛吉夫總會有辦法對付。」

畢竟我在模擬戰時認真釋放過好幾次殺氣，也讓他們和比龍可怕好幾倍的北斗戰鬥過。

北斗不僅能輕易閃過兩人同時發動的攻擊，還用前腳及尾巴俐落地格擋，他們想必體會過好幾次絕望的滋味。

雖然有種害他們留下陰影……精神創傷（Trauma）的感覺，等到艾爾貝里歐的不安也消除後，我們便決定好好休息。

隔天，我們按照計畫進入深山，尋找葛吉夫。

成員是我、艾爾貝里歐和瑪理娜，以及負責找葛吉夫的北斗和雷烏斯，最後是幫忙治療的莉絲。儘管有點不好意思，我讓艾米莉亞跟莉絲留在據點，以免據點遭到破壞。

我們在北斗的帶領下撥開樹叢，越過河川，朝山頂邁進。來到懸崖上時，北斗停下腳步。

「……嗷！」

「大哥，北斗先生說葛吉夫在懸崖下面。」

「辛苦了。好，終於找到目標，需要休息嗎？」

「暖身運動已經在爬山時順便做好，我隨時可以上。」

「哥哥，加油。」

「受多少傷我都會幫你治療，千萬別勉強喔。」

我靜靜走過去，望向懸崖下方，看見中型飛龍──葛吉夫靠在岩石上，似乎還沒發現我們。

葛吉夫是頭上長著一根大犄角的飛龍，包含巨尾在內，體型約為我的四倍左右吧？算不上特別大隻，比我之前交戰過的龍還要小。

這座懸崖也不怎麼高，直接跳下去似乎不會有事……但有個問題。

「不會吧!?有三隻耶。角只要一根就夠了說……」

「大哥，怎麼辦？」

「該做的事一樣。剩下兩隻由你跟北斗負責就行。」

我本來就打算若時間允許，讓雷烏斯自己和葛吉夫交手看看，現在這樣反而省事。

今天晚餐就決定召開使用大量葛吉夫肉的派對了。

最後由我在此處待命，在葛吉夫企圖逃跑時以「衝擊」阻止。

「三隻大小都差不多，艾爾，你要哪一隻？」

「中間那隻好了。」

「嗷！」

「北斗先生要右邊的啊，那我就左邊囉。」

懸崖下是岩石四散的遼闊場所，只要分散開來，就能在不影響彼此的狀況下戰鬥。

三人決定好目標，準備出發時，莉絲和瑪理娜客氣地舉手發問：

「欸，我也可以加入嗎？」

「是沒關係，不過妳難得主動說要參戰呢。」

「我想試試看我的魔法對那隻龍有沒有效，還有奈雅到底有多強。」

「我、我也有想試的魔法！」

對喔，在佛尼亞遇見的精靈米拉——更正，奈雅成為夥伴後，莉絲的魔法在各種意義上都變強了。

然而大部分的敵人都會被北斗和雷烏斯打倒，導致莉絲至今仍未拿出真本事過。我不厭其煩教導弟子們要掌握好自己的能力，既然她有意願，自然沒道理阻止。

瑪理娜似乎也有私下練習魔法，想和莉絲一起測試實力。

儘管應該會有危險，但北斗也會陪她們一起戰鬥，或許用不著太擔心。

在場唯獨一人……艾爾貝里歐面有難色。

「等等，瑪理娜，沒必要連妳都跟來！」

「變強的人不只哥哥喔？我也向大家學了很多！」

「可是……」

「嗷！」

艾爾貝里歐依然覺得過於冒險，但北斗叫了一聲，彷彿在說「交給我吧」，他只好勉為其難地點頭。

他親身體會過北斗的實力，更重要的是，他應該也清楚沒有比北斗身邊更安全的地方。

「瑪理娜，妳聽著。絕對要待在北斗先生身後喔？魔法用來支援就好。」

「我的目的又不是打倒葛吉夫，不會勉強自己的。哥哥才是，你要獨自對付牠，請務必小心。」

決定好戰術後，他們在懸崖上面分成三組，以免影響對方的戰鬥，聽從我的號令出發。

保險起見，我用「探查」調查周圍，並未偵測到靠近這邊的大型魔物，看來大家可以專注在葛吉夫上。

全員就定位後，我用「傳訊」發號施令。

『作戰開始！』

之後，眾人順利讓葛吉夫分散開來，個別開始戰鬥。說實話，除了艾爾貝里歐以外，我認為毫無懸念。

北斗已經擊敗過葛吉夫，所以這一戰的用意反而比較像讓莉絲和瑪理娜實驗魔法。我甚至覺得葛吉夫很可憐。

為了累積經驗，我也讓雷烏斯獨自戰鬥。只要他充分發揮實力，照理說不會有問題。

因此，我的視線自然飄向艾爾貝里歐那邊。

「雖然我與你無冤無仇，你的角我就收下了！」

艾爾貝里歐執起愛劍，和低吼著的葛吉夫互瞪。

過了一會兒，葛吉夫發出尖銳叫聲展開雙翼，用力振翅，飛向天空。

我腦中浮現牠要逃走的可能性，但龍種基本上自尊心高，並非會害怕或逃跑的生物，推測只是想從空中攻擊站在面前的艾爾貝里歐。

順帶一提，葛吉夫是擅長空戰、能自在飛翔並從空中用爪子或身體發動攻擊的飛龍。

威脅性特別高的是從空中滑翔使出的身體撞擊，直接命中的話，八成會因為頭部的角受到致命傷。

由於葛吉夫會一直待在空中，沒有遠距離攻擊手段的艾爾貝里歐，必定只能趁牠擦身而過時出手。

葛吉夫擁有堅硬的鱗片，在專心閃避的狀態下，艾爾貝里歐的攻擊實在不太可能傷到牠。

然而……那是他接受訓練前的情況。

葛吉夫在空中繞了一圈，像要降落般緊逼而來，艾爾貝里歐跳向旁邊，閃開牠的衝撞。

「好快……可是，閃得掉！」

雖說是來自空中，區區的直線攻擊還沒辦法輕鬆迴避的話就令人頭疼了。不對，他承受過我和北斗的攻擊那麼多次，如果還閃不掉，我真的會發火。

若是以前，光是閃躲應該就夠他受的，但以艾爾貝里歐現在的實力，理應能找到幾種攻略法。

葛吉夫又使出好幾次身體撞擊，或是揮下爪子，卻被艾爾貝里歐看得一清二楚，接連躲開。

「我要上了！」

大概是已習慣葛吉夫的動作，他拿好劍轉守為攻，這時葛吉夫再度俯衝過來，企圖撞飛他。

巨大身軀逼近面前時，艾爾貝里歐沒有往旁邊閃，而是躍向正上方。

「……就是那裡！」

他在空中一個翻身，於葛吉夫通過正下方的前一刻揮劍。

葛吉夫飛走後，艾爾貝里歐降落在地上，抬頭望向空中。葛吉夫正在咆哮，一隻眼睛血流不止。

他看穿用那麼迅速逼近的葛吉夫的動作，精準砍中未被龍鱗覆蓋住的眼睛。很好，訓練成果似乎發揮出來了。

葛吉夫勃然大怒，停止從空中攻擊，降落在艾爾貝里歐前面放聲怒吼。有隻巨龍在眼前咆哮，照理說會感受到驚人的壓力，艾爾貝里歐卻毫不畏懼地握好劍。

「好大隻……不過，真是渺小。跟師父和北斗先生比起來，太過渺小了。贏得了……不對，一定要贏！」

他並未等待對手攻擊，而是奔向前方主動進攻。

葛吉夫揮舞利爪，試圖撕裂眼前的敵人，艾爾貝里歐則配合牠的動作舉劍擋下。

可惜再怎麼鍛鍊，他的力量都不可能贏過龍種……體積大上自己數倍的魔物。

若是一般情況，在完全抵擋住攻擊前就會先被巨力壓倒，直接被爪子刺穿，然而……

「雖然不及師父和雷烏斯……」

艾爾貝里歐以擋住龍爪的劍為基點，往地面一踢，抬起身體閃開。

過往的艾爾貝里歐只會把身體固定在原地，不是用劍接下對手的攻擊，就是嘗試讓攻擊偏移，因此經常會被像雷烏斯這種力氣異於常人的對手壓制住。

如今他學會使用整個身體閃躲的技術，能在抵禦攻擊的同時轉為攻勢。

「這就是，我的一擊——！」

他一面閃躲，一面衝向葛吉夫，在空中旋轉，藉由反作用力全力朝牠的頭部揮劍。

在與雷烏斯共同訓練的過程中受到剛破一刀流薰陶的這一劍銳利無比，未遇絲毫阻礙，而是直接揮到底，輕而易舉斬裂葛吉夫的鱗片。

然而，葛吉夫頸部極粗，他的劍只能深入到脖子的一半左右。換成雷烏斯的大劍應該能直接將牠一刀兩斷，但艾爾貝里歐的攻勢尚未結束。

「再一擊！」

他施展沒有浪費多餘魔力的「空中踏臺」高高躍起，再度劈向未徹底砍斷的脖子根部。

雖然有點失去平衡，艾爾貝里歐還是順利降落，葛吉夫的頭則伴隨巨響掉到地上。

「……成功了嗎？」

頭被砍斷還能活著的生物幾乎不存在，但他仍然沒有大意，拿著劍戒備。

「戰鬥結束後也沒鬆懈……合格了。」

準確瞄準弱點，衝向敵人面前時也是從眼睛被砍傷的那一側進攻，我誠心稱讚他的表現。

只不過……他還是得花些時間才能看清對手的攻擊，除此之外也有幾處改善點，但不到半個月就能變強到這個地步，已經很不錯了。

艾爾貝里歐順利打倒葛吉夫後，這次我望向雷烏斯……他的戰鬥方式跟我想像中不太一樣。

雷烏斯很快就看穿葛吉夫的行為模式，卻沒有直接把牠砍成兩半，而是嘗試各種戰法。

這也是受到艾爾貝里歐的影響吧？感覺跟那個劍痴變態爺爺產生了一些區別，使我有點高興。

雷烏斯不停閃躲葛吉夫的撞擊，頻頻揮動大劍，依序從葛吉夫的尾巴末端砍到根部，似乎在練習準確地砍中目標。

尾巴被砍到所剩無幾時，他在葛吉夫衝過來的瞬間躍向正上方，對從下方通過的葛吉夫揮劍。巧的是，與艾爾貝里歐的戰術如出一轍。

「給我摔下去吧！」

不同之處在於雷烏斯並非瞄準眼睛，而是全力用劍身毆打其背部。

被一身怪力的雷烏斯這麼一敲，葛吉夫自然無法繼續飛翔，狠狠摔到地上，在地面滑行。

「喝啊啊啊啊——！」

雷烏斯在葛吉夫停下來時追上去，一劍斬斷頭部。

最後確認牠死透了，雷烏斯才對我揮揮手，跑去找艾爾貝里歐。

「太好了，艾爾！」

「嗯，我辦到了！對了，瑪理娜呢!?」

成功打倒目標，艾爾貝里歐正想放聲歡呼，卻因為妹妹瑪理娜還在戰鬥，無法放心。

我心想「有北斗陪在她們身邊，沒什麼好擔心的」，望向莉絲和瑪理娜……

「哼哼，在這邊啦！」

「這個才是真的唷。」

「嗷！」

只見一隻巨龍被瑪理娜製造出的幻影耍得團團轉。

之前她最多只能製造出兩個自己的幻影，現在則不只本人，還在對手周圍叫出好幾個莉絲跟北斗的幻影。

再加上莉絲用「水霧」遮蔽視線，葛吉夫陷入混亂狀態，不停胡亂攻擊。

葛吉夫全身上下都是破綻，瑪理娜的表情看起來卻很難受，幻影似乎快要維持不住了。

「瑪理娜，還好嗎？不可以勉強喔。」

「呼……呼……對不起。以我的魔力量，果然沒辦法撐太久。」

「再多練習幾次就會習慣，看來妳掌握住想像的訣竅了。」

「是的，都是託大家的福。」

幻術是瑪理娜特有的能力，從使用時會消耗魔力這點來看，疑似是與魔法原理相近的招式。因此跟魔法一樣重視想像，用過頭會魔力枯竭。

在瑪理娜撐不下去、解除幻影的同時，莉絲也消去霧氣，葛吉夫終於能看見敵人。

「剩下就交給我吧。北斗，拜託了！」

「嗷！」

牠瞄準莉絲跟瑪理娜衝過去，北斗瞬間移動到正下方，跳起來咬住牠的尾巴。

接著用力扭動身軀，葛吉夫便像玩具一樣在空中被甩來甩去，最後砸向附近的地面。

莉絲集中魔力，伸手對著因為受到劇烈衝擊，無法立即行動的葛吉夫。

「很危險，妳離遠一點！」

她說有想試試看的魔法，我卻看過這個動作。

是我以前教她的魔法，為何如今還要測試這個？在我疑惑的期間，莉絲解放魔力……

「奈雅……使出全力吧！『水刃』。」

水自莉絲的掌心奮力射出，貫穿葛吉夫。

不……那還能稱之為水嗎？

宛如一道雷射光的水柱，不僅將葛吉夫的身體一分為二，還連後面的石頭都砍斷了。

「水刃」本來比較接近用水轟飛目標，而非砍斷的魔法，所以距離一拉開威力也會下降，然而這一擊的威力、射程卻完全不是同個等級。

使出魔法的當事人看看自己的手，又看看在空中彰顯存在感的精靈，苦笑著說：

「啊、啊哈哈。是不是……有點太有幹勁了？」

「我、我覺得這已經不是有幹勁的等級……」

「……嗷。」

「沒、沒辦法嘛！還不是因為奈雅力量太強。」

莉絲想測試的，是曾被喚作米拉，現在則是她的夥伴的水精靈……奈雅的全力。

據本人——不對，據該精靈表示，奈雅在水精靈中是類似高階種的存在，難怪強度截然不同。

這突如其來的變化，明白顯示出精靈魔法有多麼異常。

「我、我辛辛苦苦才打敗的龍，那麼輕易就……」

「哥哥，振作點！」

「糟糕。用來砍東西的魔法本來是姊姊負責的，現在連莉絲姊都學會啦。我也不能輸……」

儘管最後的氣氛有點尷尬，艾爾貝里歐順利取得葛吉夫的角了。

「……這樣呀。不只艾爾貝里歐先生，莉絲和瑪理娜也成長了呢。」

擊敗葛吉夫後，我們取下艾爾貝里歐需要的龍角及可以賣的部位，回到據點。

這樣目的就達成了，我打算明天把這個據點撤掉。

因此，我正在處理葛吉夫的肉和不能久放的食材，準備開場派對，順便向負責幫忙的艾米莉亞說明剛才的戰鬥。

在旁和我一起做菜的莉絲聞言，露出靦腆笑容，邊切菜邊說：

「變強是很值得高興沒錯，但我大多是託奈雅的福。」

「能被精靈喜歡上，不也是妳的實力嗎？」

「只是因為水精靈很親人罷了。言歸正傳，艾爾貝里歐拿到想要的東西，終於要去帕拉多了呢。」

「對呀。天狼星少爺，抵達帕拉多後要做什麼？」

原本的目的是觀光，不過因為遇到艾爾貝里歐他們的關係，似乎得多加一個計畫。

「除了觀光外，既然都幫到這個地步了，當然得看到最後才行。我打算今天吃晚餐時，問問他們方不方便讓我們奉陪。」

「贊成。這對青梅竹馬是互相深愛的，我也想見證到最後。」

「艾爾貝里歐先生是雷烏斯的第一個朋友，他和瑪理娜的關係也令人在意，我希望能和他們相處久一點。」

他們邂逅的方式或許是最糟糕的，但雷烏斯與瑪理娜的關係正在越變越好。

到目前為止，和雷烏斯有深交的女性都比他年長，又是尊敬的對象，所以和女性的相處方式有那麼點背離常識。

所以我個人認為他們如果能湊一對也不錯，那兩人有許多相似之處，我甚至想幫他們送作堆，然而……

「不過，雷烏斯不是已經有諾娃兒了？」

「嗯……希望她不會跟諾娃兒吵架，這部分就要看雷烏斯的努力囉。」

「……這樣好嗎？」

「有什麼問題嗎？身為天狼星少爺的徒弟，如果他的交往對象只有一名女性，未免太丟臉了。」

……其他人不介意的話，我也不會多說什麼。

不如說，有三位戀人的我根本沒資格多嘴。

我們一面準備晚餐，一面看著不遠處，和樂融融地一起保養劍的雷烏斯和艾爾貝里歐，以及被他們倆逗得滿臉通紅的瑪理娜。

晚餐時間，大家吃到一個段落時，艾爾貝里歐挺直背脊，深深一鞠躬：

「請容我再次向各位致謝。真的很謝謝你們。」

「是那根角沒錯吧？」

「是。有這麼大根的犄角，對方想必也會心服口服。」

據艾爾貝里歐所言，帶回這根角後，就得和未婚妻雙親指定的強者交手。

現在才通過第一階段而已，太興奮也不好，不過今天一天就讓他好好品嘗喜悅的滋味吧。

畢竟他之前被我跟北斗修理得那麼慘，付出的血汗總算有了回報。

「對了師父，你們剝下來的葛吉夫的素材，為什麼要像那樣保存起來？」

他指的應該是我們從山裡回來後，仔細處理好葛吉夫的素材以免腐敗，並收進木箱蓋緊上蓋、放到馬車內部一事。

艾爾貝里歐說得沒錯，此處離城鎮並沒有多遠，如果只是要賣掉，根本不需要處理得那麼仔細。

「因為我打算帶去遠一點的城鎮，或是等一段時間再賣掉。在這附近出售的話，他們可能會認為你帶回去的角是來自我們賣掉的這批貨。」

「資金方面沒問題嗎？」

「嗯，暫時不必煩惱。等到我們需要錢的時候，你的問題應該也解決了，用不著擔心。」

「感謝師父如此費心。也對，因為各位是……冒險者嘛。」

「啊……」

提到遠一點的城鎮，使兄妹倆意識到與我們的分別將近，表情有點憂鬱。

由於期間很短，我不禁用非常嚴格的方式訓練他，但他們似乎還是會覺得不捨。尤其是瑪理娜，明顯相當沮喪。

「你們這麼捨不得，我很感動，但你的目的還沒達成吧？眼前比起離別，更該考慮這件事。」

「說得……也對。事到如今要是沒成功，我哪有臉面對師父。乖，妳也別露出那種表情了。」

「……嗯。」

「就是這份氣魄。讓北斗拖馬車的話……預計再兩天左右會抵達帕拉多，到時你們計畫如何？」

「我想先回家報平安，再把角拿給那孩子的家人看。報酬會在那時候支付。」

「啊……我都忘了，本來有說會給報酬。」

我一開始就不是為了報酬才訓練他，所以徹底忘記了。

訓練艾爾貝里歐很愉快，而且在他和雷烏斯變成朋友、成為他新的刺激時，我就十分滿足了。我滿不在乎地想「好吧，別人給的東西我也不會拒收」，艾爾貝里歐露出傻眼的表情：

「竟然忘了，這可不是冒險者會說的話喔？師父真的很寡欲呢。」

「這才是天狼星少爺。」

「這才是大哥！」

「嗷！」

姊弟倆和北斗像要遵循慣例一般，驕傲地挺起胸膛。

艾爾貝里歐笑了出來，突然閉起眼睛，點點頭，面色凝重地看著我：

「……師父，在出發之前，我想把真相告訴你。」

「哥哥……」

「到了帕拉多終究會曝光。而且……我不想瞞著他們。妳也能理解吧？」

「……是！」

「我不曉得你想說什麼，但不必勉強喔。光是認識你們，對我們來說就足夠了。」

我望向弟子們，他們笑著點頭，看來與我意見相同。

「不，不向各位坦承，我心裡過意不去。這是為了今後也能繼續當師父的徒弟……以及雷烏斯的朋友。」

「……我明白了。艾米莉亞。」

「是，我去泡紅茶。」

我們之間已經不是「真不想知道他的祕密，牽扯上麻煩事」那種交情。

雖不曉得會得知什麼天大的祕密，我也集中精神聽他說吧。

之後艾米莉亞不只泡了紅茶，連餅乾都一起準備了，艾爾貝里歐喝了口茶，開始娓娓道來：

「之前我曾說過自己是貴族出身，其實有點不對。我的名字是艾爾貝里歐……帕拉多．佛克斯。」

「帕拉多．佛克斯……名字裡有城市的名字，所以你……」

「是的。妳猜得沒錯，名字裡有城市的名字，代表那是統治帕拉多的家系一員。」

儘管沒有城堡，聽說帕拉多是由一名地位相當於國王的掌權者統治。

該家族的成員，名字裡會冠以城市之名，艾爾貝里歐跟瑪理娜正是如此。

「意思是艾爾地位很高囉？我是不是該叫你艾爾貝里歐先生？」

「別這樣。我確實是那個家系的人，不過繼承人已經決定是我哥哥。我的家人跟身邊的人都同意了，所以我只不過是名小貴族——不對，現在只是個普通的男人。麻煩你像之前一樣待我就好。」

「嗯，我也比較喜歡這樣。啊，那片大餅乾是我看上的，不准吃。」

「……你的字典裡真的沒有客氣兩個字耶。」

「沒關係的。這樣我會比較高興。」

他們之所以遮住臉，也是因為不想被人知道出身吧。

不過……仔細一想，這次的狀況太奇怪了。

雖說已經決定好繼承人，叫上流家族的人帶回連有沒有能力打倒都不知道的龍角，未免太強人所難。

「你在帕拉多的地位是？雖說是因為你並非繼承人，但一下跑去參加鬥武祭，一下去討伐龍種，看起來挺自由的。」

「在說明理由前，我得先解釋一件事。帕拉多賴以維生的迪涅湖對面——正好在對岸，有座與帕拉多規模相等的城市。」

「我知道它。是座跟帕拉多一樣以繁榮貿易為生的都市，記得叫……羅馬尼歐對吧？」

「是的。統治羅馬尼歐的城主，目前膝下只有一位獨生女。」

「這樣啊，那女孩就是？」

「對，是我的未婚妻。」

聽說羅馬尼歐的掌權者有個長男，數年前突然失蹤了。

即使想讓女兒當繼承人，也得幫她找個丈夫傳宗接代。可是溺愛女兒的城主，不想隨便抓個男人充數。

於是他選上在與帕拉多共同舉辦的交流會上，自幼便見過數次面、感情很好，家世也沒有問題的艾爾貝里歐為女婿。

「雖然感覺像政治聯姻，但我跟她……帕梅菈從小就約好要結婚，對這個決定並沒有不滿。」

「結果幾個月前，你們的婚約突然作廢了。」

「是因為她的父親不願意嗎？不想把女兒交給你……之類的？」

「不，我和她的父親感情反而很好。我去追問原因時他告訴我，疑似是羅馬尼歐的部分上流貴族私下結黨，聯手抗議。」

即便艾爾貝里歐本人完全沒那個意思，該名貴族卻指控帕拉多的血脈意圖混進這座城市，將羅馬尼歐據為己有。

恐怕那只是表面上的理由，實際是想取而代之，企圖和帕梅菈結婚以獲得權力及地位。

即使想無視，反對者在羅馬尼歐好像是頗有地位的貴族，提出「在鬥武祭獲得優勝」這個條件的也是他。

「我回報鬥武祭的結果並不理想時，最站在我這邊的就是她的父親。那名貴族只好轉而要我討伐葛吉夫，最後則是跟他找的傭兵……旅行途中的劍士戰鬥。」

「……和你之前說的情況有許多出入呢。」

「對不起。由於牽扯到家庭因素，不方便隨便表明……」

當時我們才剛見面，沒有據實以報也很正常，況且縱使有如此複雜的原因，要做的事也不會變，確實不需要全盤托出。

「也罷，你不必放在心上。比起這個我就直說了，那種條件虧你答應得下來。」

「那是因為……其他貴族都表現出一副這種條件很正常的態度，我當時也慌了，才會不小心答應，實在慚愧……」

「不是的，哥哥。是因為那個貴族不斷挑釁，說如果你要娶帕梅菈小姐就該做到這個地步，重點是其他人明顯心裡有鬼。」

「謝謝妳，瑪理娜。但我既然已經接受條件，就不能輕易反悔。那個時候……我真的迷失了自我。」

「艾爾真蠢，雖然我沒資格說你……」

「哥哥才不蠢！他就是這麼重視帕梅菈小姐！」

「瑪理娜，妳別激動。嗯，雷烏斯說得沒錯，我真蠢。但我也很幸運。能遇見師父，遇見雷烏斯……真的很幸運。」

艾爾貝里歐想必深愛著那名叫作帕梅菈的女性。愛到與其放棄，不如一死了之。

說實話，我只覺得他有勇無謀，卻不討厭這種愚蠢又拚命的做法。

正因為明白他的意志有多麼堅定，我才會想伸出援手。

「對啊，我也很慶幸能遇見艾爾。我知道事情很複雜，不過現在沒問題了吧？」

「不曉得要跟我戰鬥的劍士有多強，但我認為現在的我有勝算。」

聽說那名劍士擁有能單獨擊敗葛吉夫的實力，艾爾貝里歐也一樣。這樣的話，至少不至於被壓著打。

「聽起來不像是比天狼星或北斗強的對手。如果對方那麼強，照理說會傳出更厲害的傳聞。」

「說、說得也是。體會過與師父和北斗先生為敵的絕望，現在我幾乎沒什麼好怕的了。我絕對會奪得勝利！」

我在模擬戰上把他打落絕望深淵時，我想過好幾次是不是做得太超過……看來結果是好的。

然而……

「我那個根本不算什麼。對吧？北斗。」

「嗷！」

跟師父比起來，已經算溫柔了。實際和師父進行過模擬戰的我和北斗四目相對，歪過頭。

「……大哥到底有過什麼樣的經歷？」

「誰、誰知道？至少不是我們想像得出來的。」

「這才是天狼星少爺！」

說明完事情緣由後，艾爾貝里歐喝光剩下的紅茶，緩緩吐出一口氣。

「……真相就是這樣。雖然我講了很多，之後大概不會麻煩到各位吧。」

「嗯，你要親手掌握勝利。不過把家裡的問題告訴我們可以嗎？」

「各位是我的恩人，我不希望有事情瞞著你們。而且，未來我也想繼續跟各位維持現在的關係。」

「既然艾爾這麼希望，我們的態度也不會變。大哥也一樣吧？」

「那當然。只要你願意，我也想繼續當你的師父。」

「謝謝。今後也請多多關照。」

艾爾貝里歐深深一鞠躬，這時，坐在旁邊的瑪理娜顯得坐立不安。

她輕輕拉扯艾爾貝里歐的袖子，湊到他耳邊說了些什麼。

「……這樣好嗎？」

「嗯，我也想告訴大家。」

「好吧。各位，瑪理娜也有話想說，可以聽一下嗎？」

「是可以，瑪理娜怎麼了嗎？」

「該不會她其實不是艾爾的親妹妹？」

「不，瑪理娜是我的親妹妹沒錯。是關於那三條尾巴。」

三條尾巴好像是非常罕見的特徵，但我們早就看習慣了。

她尾巴的毛漂亮到不輸給艾米莉亞，現在比起罕見，我更覺得梳理起來應該很費時。

「各位聽過狐尾族的傳說嗎？」

「不……沒聽過。菲亞呢？」

「我也沒聽過。」

「那我先從這部分講起。傳說，狐尾族是起源自一個人。那人名為九尾，人如其名，有九條尾巴。」

人稱九尾的那位狐尾族，不僅擁有龐大的魔力與不可思議的能力，還十分長壽。九尾生下許多子嗣，孩子長大後又繼續繁衍。狐尾族的數量就這樣越變越多。

「可是，之後出生的小孩尾巴都只有一條，從未出現過跟九尾一樣擁有複數尾巴的狐尾族。」

正當眾人覺得果然只有九尾是特例時……出現了有五條尾巴的小孩。

「那孩子擁有足以與九尾匹敵的魔力及能力，卻沉溺於力量中，失去控制，傷害了許多狐尾族。」

前去阻止他的人盡數落敗，最後是由九尾出馬制伏了他。

然而，連九尾都因為年事已高的關係變得衰弱，在打倒那孩子的同時嚥下最後一口氣。

「在那之後，狐尾族便將尾巴越多的族人，視為越恐怖的存在。」

「什麼跟什麼啊!?有錯的明明是以前鬧事的那傢伙，跟現在的瑪理娜又沒關係！」

「我也這麼認為，無奈那起事件在當時似乎就是如此可怕。即使事過境遷，這件事的陰影仍深植在人們心中。」

「意思是，瑪理娜在城裡會被欺負？」

「所幸她是城主的女兒，並沒有直接遇上什麼壞事。不過市民都很害怕她或疏遠她，沒人接近瑪理娜……」

市民對瑪理娜敬而遠之，可以信賴的只有家人。

瑪理娜對他人戒心那麼強，或許也是因為幾乎沒和家人之外的人相處過。

我解開了許多疑惑，這時菲亞突然帶頭站到艾爾貝里歐面前，艾米莉亞與莉絲則跟在後面。

「欸，艾爾貝里歐，我想問你一個問題。你希望我們怎麼做？」

「這……希望各位像對待我一樣，也用相同的態度與瑪理娜——」

「「嘿！」」

「呃啊!?」

這個瞬間，三人同時往艾爾貝里歐的頭揍了一拳。她們如此有默契，我下意識讚嘆出聲。

「真是。再怎麼重視妹妹，也不可以講這種話喔。」

「菲亞小姐說得對。我們和瑪理娜已經是朋友，不會因為這點小事就疏遠她。」

「我知道你很擔心，但對我們來說，這樣很失禮耶。」

「大家……」

聽見三人這麼說，瑪理娜感動得眼眶泛淚，不過淚水立刻就收回去了。因為艾米莉亞跟菲亞扣住她的雙臂，像要押送犯人似地把她帶走。

「所以，之後是我們幾個女生的談話時間。」

「艾爾貝里歐在這反省一下吧。」

「那個，哥哥是為了我好……」

「不。我就直說了，那叫多管閒事。那麼天狼星少爺，我先失陪了，有什麼需要請您隨時呼喚。」

「哥、哥哥，救——」

四人消失在用來給女性組過夜的臨時小屋中。

留在原地的我們只能目送她們離去，過了一會兒，大家自然而然笑出聲來。

「哈哈哈，艾爾，姊姊她們一旦變成那樣，只有大哥才管得動。你不阻止是正確的。」

「我怎麼可能阻止得了。而且……她們說得沒錯。我認為能直接把那些話開誠布公的師父的伴侶，真的是很有魅力的女性。」

儘管多少會有些衝突或爭執，她們三個感情非常好，好到種族明明不同，看起來卻像真正的姊妹。
　真的是配我太可惜的戀人。
「剩下就交給她們吧。話先說在前頭，不管她有三條尾巴還是怎樣，我對瑪理娜的態度都不會改變。」
「……謝謝你。」
「何況瑪理娜的朋友又不只姊姊她們，我也是啊。放心吧。」
「朋友……嗎？」
「嗯，我們是朋友吧？最近我常拜託她陪我訓練，比較能跟她正常對話了。啊……不過她還不肯叫我名字，我靠近她也會跟我保持一定距離，稱不稱得上朋友有點微妙。」
　艾爾貝里歐露出十分複雜的表情，但他馬上切換過來，對雷烏斯微笑：
「因為瑪理娜從未遇過可以讓她把情緒表現出來的人。雷烏斯，請你之後也多找那孩子說話。」
「嗯，交給我吧！」
「……她就交給你囉。」
　最後這句話恐怕包含各種意義，雷烏斯卻露出一如往常的純真笑容，點頭答應。
　我猶豫了一下該不該給他建議，不過這種事果然還是需要自己經歷一遍。

雷烏斯不會輕易違背與他人的約定，是個重義氣的單純男人。

只要沒發生問題，我打算默默守望他的行動。

——雷烏斯——

「……呼！好，今天就這樣吧。」

聽完艾爾和瑪理娜說的話後，到了睡覺時間，我不知為何睡不太著，便來到離據點不遠的河邊練劍。

稍微空揮了一百次後，我用毛巾擦乾汗水，突然想起瑪理娜的身世。

「恐怖的存在啊……」

聽大哥說，瑪理娜的魔力只比一般人高一點，算不上特別優秀。雖然擁有能製造幻影的神祕能力，但絕對沒辦法像傳說中的那傢伙一樣，做出如此過分的事。

所以瑪理娜才不是恐怖的存在，為什麼會被別人用那種眼光看待？

「……可惡。」

奇怪……我怎麼這麼焦慮？本來想說該去睡了，心裡卻悶悶的，再練一下劍吧。

正當我再度舉起劍，發現有個人影在接近這裡。

「明天就要出發了，幹麼在這種時間練劍？」

「果然是瑪理娜。怎麼啦？」

「……沒什麼。我有點失眠，出來散步，然後看到了你。」

「這樣啊。我要再練一下，別管我，散妳的步吧。」

說完，我又開始練劍，瑪理娜則坐到不遠處看我空揮。

雖然不太懂她在幹麼，我沒有多在意，繼續練劍，等到流了些汗、放下劍時，瑪理娜向我搭話：

「你這人真的好奇怪，今天從早上開始就一直在活動，天黑了還是繼續練劍。」

「這是為了更接近大哥一點。而且不練劍我會靜不下心。」

「真是個怪人……」

她一臉傻眼。沒辦法，這就是事實。

聽見我老實地回答，瑪理娜苦笑著仰望天空，我也跟著她抬起頭，看見漂亮的月亮。

對喔，第一次見到瑪理娜時也是……

「遇見你的時候，也是跟今天一樣的月夜呢。」

「對啊。我明明在妳遇到危險時救了妳，卻挨打了。」

「那件事……我也有在反省。不是向你道歉了嗎？」

「我沒生氣了啦。只不過我從來沒被女生甩過巴掌，嚇了一跳。」

「講話如此失禮的人，為什麼從來沒被打過？」

巴掌確實沒有，姊姊倒是曾拿我試用大哥教她的關節技。

她明明說要散步，卻坐在這裡不動，因此我走近瑪理娜，方便跟她聊天。

若是平常，她會與我保持一定的距離，今天卻不知為何沒有跑開，所以我成功接近到瑪理娜身邊。

「妳不跑掉嗎？」

「因為有點事想跟你說。離太遠不好說話吧。」

「有事想跟我說？好，別客氣，說吧。」

「唔……如果能像你一樣輕輕鬆鬆開口，就用不著那麼辛苦了。總、總之我有很多想講的，給我坐下來乖乖聽。」

「喔！」

她叫我坐下，我便坐到她旁邊，瑪理娜沒有逃走，而是轉頭面向我。

「那個……第一次見面的時候，你不是拿我和你姊她們比較嗎？」

「對啊。當時我是無意識說出口的，現在我知道自己很過分了。」

「知道就好。不過……認識她們後，我開始覺得被拿來比較也是沒辦法的事。」

「什麼意思？」

大哥他們明明告訴我不應該隨意比較他人，為何瑪理娜還露出如此神清氣爽的表情？

瑪理娜沒理會困惑的我，望向姊姊她們住的小屋，輕聲說道：

「因為，我不像菲亞小姐那樣美麗大方；不像艾米莉亞小姐擅長家事又會照顧人；也不像莉絲小姐能施展治療魔法。在能平等對待我這種人的優秀女性身邊生活，你自然會想拿她們跟別人比較。」

「先不提比較這點，姊姊她們真的很厲害對吧？畢竟她們是大哥的戀人嘛。」

「所以我才無法理解。你一直看著那麼美麗優秀的女性……為什麼還會說我漂亮？」

「什麼為什麼……我講過好幾次了，因為覺得妳漂亮啊？還有其他理由嗎？」

何況瑪理娜本來就長著一張漂亮又可愛的臉。

帶著些許赤紅色的金髮與三條尾巴反射著月光，當下我是真心覺得很美。

我直接把心裡所想的話說出來，瑪理娜卻滿臉通紅，不停用尾巴敲我肩膀。是不會痛啦，但有點癢。

「妳在幹麼？」

「吵死了吵死了！啊啊討厭……不該先問這個的！」

莫名其妙的尾巴攻擊持續了一段時間，她終於恢復鎮定——雖然臉還有點紅——清了清喉嚨。

「還、還有一個問題，為什麼這麼想變強？你不覺得每天都被揍得那麼慘很討厭嗎？」

「我是討厭受傷啦，不過沒想過要放棄。為了追上大哥，這麼做是必須的。想變強的理由也是這個。」

「你已經夠強了，幹麼那麼執著於追上他？」

「跟妳一樣。」

瑪理娜說過，她是在哥哥艾爾的幫助下才能活到現在，我也是因為大哥救了我才活著。

不僅如此，他還為我指點了前進的道路。

因此我非常感謝，想為了大哥而活。

然而，大哥強到不需要我的幫助。

即使如此，我也想成為能讓大哥把身後交給我守護的男人。想像北斗先生那樣，被大哥稱作夥伴，更加依靠我。

所以才想變強……我有點激動地說，瑪理娜瞇起眼睛看著我。

「真羨慕你這麼率直。沒錯……我也想成為哥哥的力量，可是這三條尾巴會害別人疏遠我，妨礙我的行動。」

「妳過得好辛苦喔。不過既然這樣，就變得更強吧。」

「說得倒簡單。」

「之前我不是說過妳也必須變強嗎？我指的是心靈上的強悍。與其為這種無聊的小事煩惱，不如努力扭轉現況。」

「無聊？你懂什麼——呃，你在幹麼!?」

瑪理娜用雙手遮住臉大叫，因為我開始脫衣服。

她好像在從手指的縫隙間偷看，但我毫不介意，將脫下來的上衣扔到附近。今天是滿月，照理說只要想像一下就辦得到。

於是……

「啊啊夠了！想不到你真的是變態……咦!?」

「怎麼樣？」

我讓她看了我變身後的模樣。

脫掉上衣是為了不讓衣服被撐破或變形。之前營救諾娃兒時，事後還被姊姊罵了一頓。

瑪理娜有點嚇到，幸好她並沒有尖叫或攻擊我。

「是你……沒錯吧？這副模樣是……」

「嗯，是我的能力。這在銀狼族中被稱為詛咒之子，跟妳一樣會遭人畏懼。」

我像諾娃兒那時一樣，向她說明詛咒之子是什麼樣的存在。

族裡規定詛咒之子必須殺掉，大哥卻不屑地笑著說這個煩惱無聊透頂，拯救了我。

而且還有後續。這正是我想告訴瑪理娜的話。

「前陣子，我和爺爺重逢了。爺爺看到這副模樣的時候十分絕望，但他最後接納了我，說我是他的孫子。」

「…………」

「所以只要心靈也變強、永不放棄，就不會有問題。至少不會有人說願意為艾爾努力的妳不對，就算有，那也是個白痴。別管那些人，好好努力就對了。」

「變強……」

況且如果帕拉多的市民真的是壞人，瑪理娜應該會被欺負得更慘。

艾爾總不能無時無刻護著她，就算有人暗地對她做些什麼也不奇怪，當時我卻沒有在瑪理娜身上看見任何一道傷痕。

因此我認為他們人真的不壞，只是瑪理娜自己害怕罷了。

好吧，沒親眼見過我也不清楚啦，但我想一切都要視瑪理娜自己的做法而定。

我將想說的話傳達給她後，瑪理娜思考了一下，站起來轉身背對我。

「姑且……向你道個謝。謝謝你…………雷烏斯。」

「嗯？妳叫了我的名——」

「晚、晚安！」

她抖著三條尾巴，逃也似地跑走了。

記得艾爾說過，瑪理娜抖尾巴代表……代表什麼啊？

嗯……算了。

她第一次叫我名字，使我感覺幸福到不行，直接解除變身、盯著月亮看了一段時間。

《訓練的成果》

帕拉多。

藉由迪涅湖帶來的恩惠發展起來的這座城市，聚集了許多人，在阿德羅德大陸屬於較大的城市。

再加上許多冒險者及商人會把這裡當成據點，帕拉多住著各式各樣的種族，其中最多的似乎是和艾爾貝里歐他們一樣的狐尾族。

在隨便看過去肯定會看到狐尾族的城市中，我們拿著跟攤販買的飲料，站在廣場一角環視四周。

「治安看起來也不錯，是個挺舒適的城鎮。」

「對呀。天狼星少爺，請用。」

艾米莉亞遞出同樣是跟攤販買的串燒，我張嘴吃下在迪涅湖抓到的類似鰻魚的生物。

這種魚好像叫尼隆，外觀幾乎跟鰻魚沒有差別。使用了鹹味與辣味較為強烈的特殊香料，但我總覺得少了些什麼，之後用馬車裡的調味料做個蒲燒醬汁吧。

「嘗起來和在艾琉席恩吃到的加歐拉蛇挺像的，不過我比較喜歡牠的味道呢。」

「感覺很適合配大哥做的那個醬汁！」

「雷烏斯果然也這麼覺得？這個魚最適合做成蒲燒了。」

貪吃鬼姊弟已經跟我想到同樣的事，令我不禁苦笑，這時一直默默吃著尼隆串燒的菲亞，突然露出妖豔笑容朝我蹭過來。

「欸，我剛剛聽店裡的人說，吃了這個的男人晚上會特別有幹勁。所以你要多吃點唷。」

「天狼星少爺！請用下一口！」

聽說鰻魚能增強精力，在這個世界也有同樣的效果嗎？

艾米莉亞察覺到菲亞的意圖，兩眼發光，連自己的份都餵給我，看來我至少得吃兩串。

我一面品嘗維持絕妙的間隔遞過來、避免我吃快噎到的尼隆，一面告訴大家之後的行程。

「嚼嚼……先隨便逛一下……嚼嚼……再回旅館等艾爾貝里歐回來……嚼嚼……吧。」

「不、不愧是大哥。面對姊姊的猛攻依然不動如山！」

「如何？您晚上會鼓起幹勁嗎？」

「再溫柔一點我就考慮看看。」

「好的！」

她立刻停止猛攻。

艾米莉亞雖然經常失去控制，只要我稍稍表現出反感，她便會立刻停手。想成戀人的惡作劇就會覺得挺可愛的。

吃完尼隆，我們在市區內隨便亂逛，雷烏斯突然望向市中心，喃喃說道：

「艾爾說之後要招待我們去他家，直接跟他一起去不是比較快嗎？」

「他有段時間沒回家，應該有不少話想單獨跟家人說吧。而且他們家是掌權人士，想招待我們，應該得事先把我們的身分解釋清楚。」

「他還幫忙介紹那麼高級的旅館，等一下也沒關係啦。旅館的床很軟，今晚似乎能好好睡一覺。」

今天上午……抵達帕拉多時，艾爾貝里歐說得先通報家人，在幫我們介紹旅館的同時給了一封信。

我們來到旅館，拿出信給老闆看後，老闆大吃一驚，免費讓我們住進最好的房間。

順帶一提，北斗也可以進到室內，因此我非常滿足。

『信上寫著各位是艾爾貝里歐先生的恩人，他希望各位能受到最好的待遇。還有，住宿費用會由艾爾貝里歐先生全額負擔。』

因此，我們住進帕拉多最高級的旅館，將馬車寄放在那邊，到城裡散步。

由於我們帶著北斗，自然會很顯眼，但每次都是這樣，早已習慣了。

「沒想到他連住宿費都幫我們出耶，看來艾爾貝里歐在這座城市真的很偉大。」

「我猜這也算在謝禮之內，就收下他的好意吧。」

而且旅館還能當成集合地點，有事不在時也方便託人傳話。

艾爾貝里歐說最快也要晚上才能來找我們，天黑前先在城裡悠閒地散步吧。

「天狼星前輩，那個攤販賣的是從來沒看過的魚！」

「嗯，買來吃吃看吧。」

莉絲發現新的攤販興奮不已，我便決定買一隻來嘗鮮。

外表類似鯰魚，大小卻比我前世的鯰魚大上將近一倍，看來有得吃了。

聽攤販老闆所說，這是能在迪涅湖捕到的美味的魚，可是不能捕撈太多。

儘管要價不菲，咬下一口，滿嘴都是肥嫩的魚肉，真的很美味。

遺憾的是，這是用火魔法陣的強火一口氣烤熟的。我覺得這種魚用小火慢慢烤最適合。

「迪涅湖裡有好多種水產呢。天狼星少爺還滿意嗎？」

「嗯，用這裡的魚應該能做出更多料理。暫時不用擔心無聊了。」

帕拉多還有賣棲息在淡水、類似章魚的魚類，有時間的話，或許可以找打鐵店幫忙製作做章魚燒的烤盤。

聽見我這麼說，弟子們瞬間眼睛發亮（尤其是莉絲），我和他們一起逛著街，想說去看看迪涅湖，便來到有許多船隻停靠的港口。

港口有好幾艘大小各異的船，最大的那艘好像就是往對岸的城市——羅馬尼歐的定期渡船。

從這裡眺望湖面，隱約看得見遠處疑似城鎮的影子。考慮到下個目的地，是沒必要特地去趟羅馬尼歐，不過為了增廣見聞，我很想繞到那裡看看。

之後我們又逛了下攤販，看到稀奇的食物就買來吃。

回到旅館還有晚餐，所以我跟菲亞比較克制，另外三個貪吃鬼卻一副要吃遍所有菜色的氣勢，光看就飽了。他們還對晚餐期待不已，真是可怕的食量。

雖然還有很多地方沒逛到，我們算準日落的時間回到旅館，看見艾爾貝里歐正在與老闆交談。

「喔，是艾爾耶！」

「各位！太好了，我正想去找你們。」

「意思是？」

「是的。我已經得到哥哥……城主的許可，想邀各位到我家作客。」

「要到市內權力最大的人家作客，穿這身衣服有些不妥。天狼星少爺，我去拿放在馬車的正裝。當然，更衣也請讓我服侍——」

「我是以朋友身分招待各位前來，穿這樣也沒關係。」

「是嗎……」

儘管帶著武器，我們身上都是平常穿的便服。

不過艾米莉亞每天都會幫忙洗衣服，所以保持得很乾淨，既然對方不介意，就這樣去吧。

我摸了摸因為不能幫我更衣而感到遺憾的艾米莉亞的頭，把剛才買的東西放回房間和馬車，前往艾爾貝里歐家。

途中，我對在前面跟雷烏斯聊天的艾爾貝里歐說：

「艾爾貝里歐，你不僅介紹了那家旅館，還連住宿費都幫我們出，我要向你道謝。」

「別客氣，因為我得到了更有價值的東西。其實我本來想請各位在我家留宿，可惜以我的身分果然有困難……」

「住那家旅館就夠了啦。你才是不要介意。」

「雷烏斯說得沒錯。對了，瑪理娜呢？」

「那孩子在家準備迎接各位，我們會盡全力款待，晚餐也在我家吃吧。」

「嗯，那就恭敬不如從命了。」

以時間來說，他邀請大家共進晚餐在意料之內，因此我們沒有多加顧慮，點頭答應。以艾爾貝里歐的身分來說，太客氣反而會感到困擾吧。

「晚餐有許多鎮上的特產跟名產。各位可以盡情享──」

「喔，真的可以嗎！」

「好期待唷。」

「不……請各位稍微控制一下。」

相處了半個月，艾爾貝里歐也被迫理解這兩個人的食量了。

如果沒有刻意叮嚀，他們肯定會把整間房子的食材吃到近乎見底。

「就是你們幫忙訓練舍弟的嗎？身為帕拉多城主，身為他的哥哥，我在此向各位致謝。」

我們抵達一棟大宅邸──艾爾貝里歐家後，最先被帶到城主的辦公室。

城主坐在桌前，正與疑似部下的女性一起處理文件，看到我們便露出柔和微笑。

「不好意思，在這種狀態下接待各位。突然多出有點緊急的工作要處理。」

「不會，您別在意。感謝您今天邀請我們來。」

「用不著如此客氣。幾位是舍弟的恩人，大可放輕鬆一點。」

大概是艾爾貝里歐先稍微介紹過我們了，他的哥哥——帕拉多的現任城主，對只是冒險者的我們非常親切。而且不只我們，他跟部下講話的時候同樣很溫柔。

然而，在溫柔中也感覺得出他的威嚴，是個配得上帕拉多城主之名的男人。

「我還得忙一陣子，各位先和艾爾貝里歐一起用餐吧。我之後再過去。」

「好的，那麼等會見。」

「各位，這邊請。瑪理娜也在等你們。」

城主似乎比想像中還忙，再度埋頭於文件中。跟他道別後，艾爾貝里歐帶我們來到食堂。

由於房子很大，食堂也相當寬敞，數名應該是傭人的女僕及管家站在那裡，雷烏斯見狀，低聲咕噥了一句：

「嗯……看到這種景象，我深深感受到艾爾是了不起的人。」

「了不起的是哥哥，不是我。現在的我只不過是師父的徒弟，和你一樣。」

「嘿嘿，你也知道。」

傭人被北斗嚇了一跳，不過看牠主動趴到食堂角落以免擋到其他人，就恢復鎮定了。

如果我們有什麼意外，北斗想必會馬上跳出來。牠明明只是坐在那裡，卻有種彷彿在保護重要人物的隨扈氣勢。

我們在傭人的帶領下入座，發現沒看見瑪理娜。

「欸，瑪理娜呢？」

「奇怪，我聽說她在這裡等啊……」

「是不是肚子餓，跑去偷吃啊？」

「怎麼可能！」

瑪理娜慌慌張張出現在食堂，大概是聽見雷烏斯說的話了。

她身上穿的不是之前那套輕便的服裝，而是紅色系的禮服。她看起來有點害羞，但還是輕輕拎起裙襬，對我們行了漂亮的一禮。

「歡迎各位大駕光臨。今晚請在我們家好好享用晚餐。」

「哈哈哈，我還想說妳難得換上禮服，原來是這麼一回事。表現得很好喔，雖然看起來比平常緊張。」

「哥哥，這種話就不必說了。唉……我覺得哥哥好像跟你越來越像。」

「艾爾就是艾爾吧？好了，快坐下來吃飯吧！」

「唔唔……我不管了啦。」

瑪理娜似乎是想對照顧他們一段時間的我們正式打個招呼，雷烏斯的反應卻一

如往常。

她瞪著還是老樣子的雷烏斯，立刻舉手投降，嘆著氣坐到位子上。之後她仍然沒有停止瞪雷烏斯，感覺卻比以前溫柔許多，我想不是我的錯覺。

「大家都到齊了，開動吧。各位，麻煩了。」

「「「是。」」」

傭人們齊聲回應艾爾貝里歐，將一道道料理送上桌。這種餐會通常會採用套餐形式，從前菜開始出菜，看來是為了配合我們才一次全上的。

桌上逐漸擺滿加入各種魚貝類的火鍋、用香料調味的烤魚等各種料理，其中有道料理特別不一樣。

「喔喔!?從來沒看過這麼大的魚！」

「確實，真的很大。」

「我也是第一次看見。」

搞不好連人類都能一口吞掉的巨大魚料理，占走桌面一半的空間。

「這是棲息在迪涅湖的魚，叫做迪涅迦。原本都是分切開來料理，這次我請廚師做成烤全魚。」

「吃起來應該會很滿足！」

「這麼大一隻，會讓人煩惱該從何吃起呢。」

迪涅迦讓我想到上輩子看過的世界最大的淡水魚。

那種魚體型太過龐大，所以非常難捕捉。味道有點獨特，不過挺好吃的。

艾爾貝里歐應該是考慮到以我們——以莉絲和雷烏斯的食量，應該吃得完，才請廚師整條拿去烤，可是大成這樣，真不知道該從何處下手。

在我們煩惱期間，傭人幫忙把魚切塊放進盤裡，只有艾米莉亞一面向附近的傭人提問，一面自己分切。

「謝謝，這塊就是特別好吃的部位對吧？天狼星少爺，請用。」

「不好意思。妳自己也吃啊，可以不用管我。」

連這種時候，身為隨從的艾米莉亞都會勤快地為我服務。能把最美味的部位獻給我，她看起來十分滿足。

至於雷烏斯……

「嗯……好吃！而且怎麼吃都吃不完，太棒了。」

「呃，你直接吃啊？我第一次看見有人這樣吃迪涅迦的。」

「欸，有氣質點好不好！而且不要只顧著吃魚，蔬菜也要吃呀。」

雷烏斯直接以刀叉享用烤全魚，兄妹倆傻眼地在旁邊照顧他。

至於在吃方面無人能出其右的莉絲……

「呼……真美味。」

「莉絲，這邊的貝類也很好吃唷。」

「啊，那我不客氣了。」

她已經解決掉半隻迪涅迦，剩下魚骨，傭人們驚訝得合不攏嘴。

令艾爾貝里歐家的傭人戰慄不已的餐會持續著，在擁有正常胃袋的人吃飽時，我詢問艾爾貝里歐今後的計畫。

「謝謝招待，艾爾貝里歐。是說你什麼時候要去未婚妻家？」

「預計明天去。其實哥哥剛才在處理的工作，也是為了這件事做準備。」

不只要寫信給羅馬尼歐的城主，也要幫忙安排船隻，有很多事要做的樣子。

在我心想「他明天就要出發，會這麼忙也很正常」時，工作告一段落的城主出現了，坐到上座吁出一口氣。

「呼……準備好了。之後要看你自己的表現囉。」

「不好意思，哥哥。在忙碌時期還增加你的工作。」

「何必這麼見外。我本來以為那個條件對你來說太難，而你成功做到了。這樣一來羅馬尼歐應該就能好好談一談，你要更有自信點。」

接著，城主正式跟我們打了一次招呼，又因為我們已經干涉到這個地步，透露了一些內情。

在迪涅湖裡抓得到的水產，種類會視區域產生巨大差別。同樣位在湖邊，帕拉多和羅馬尼歐的漁業卻存在差異。

因此兩座城市會交易對方缺少的漁獲或物資，維持良好關係，但最近有羅馬尼歐的貴族對帕拉多起了疑心。

那人正是故意刁難艾爾貝里歐的貴族，似乎在企圖與羅馬尼歐的掌權者之女……也就是艾爾貝里歐的未婚妻帕梅菈結婚，掌控羅馬尼歐。

這樣的貴族當上城主，會製造出各種麻煩，不過只要艾爾貝里歐和帕梅菈結婚，大部分的問題都能解決。

除了想尊重他對帕梅菈的心意外，之所以沒人阻止艾爾貝里歐，有部分也是基於政治上的理由。

「不，全都是託師父跟雷烏斯他們的福。哥哥，有沒有什麼好東西可以答謝他們？」

「是嗎，那我今天想想看。你們是冒險者對吧？」

「是的，為了增廣見聞，我們一直在旅行。還有，報酬可以不用沒關係，因為先前已經收到足夠的謝禮。我方也有獲益，還連住宿費都讓艾爾貝里歐幫忙出了。」

「報酬之後再慢慢談。對了，雖然對身為恩人的你們很不好意思，我有件私事想請你們幫忙。其實……」

城主面色凝重地開始述說，聽完他想拜託我的任務，我二話不說就答應了。內容挺複雜的，但我有點好奇艾爾貝里歐接下來會怎樣，這個委託反而來得正好。

之後並沒有發生什麼大問題，餐會平安落幕，我們回到旅館，正準備為明天的行程好好休息……

「天狼星少爺，您的隨從前來侍寢了。」

「睡前要不要來一次？」

「雖、雖然我覺得今天應該要好好休息啦……」

縱使我家的掠食者們前來襲擊，但很久沒有睡到舒服的床了。

隔天……我們隨艾爾貝里歐跟瑪理娜一同搭上前往羅馬尼歐的大型船。北斗當然也在，正趴在甲板一角晒太陽。

離羅馬尼歐大概得花半天時間，預計早上上船，下午抵達。

因為還有時間，我口頭教育了一下弟子們，講到一個段落時便轉為單純的閒聊。

我一面聽弟子們聊天，想起昨晚的委託。

『聽說你在鬥武祭奪得了冠軍，因此我對你的力量有信心，想請你再陪艾爾貝里歐一下。』

『陪他……意思是如果有什麼意外，要我保護他嗎？』

『簡單地說正是如此。假如對方只對龍角或比賽勝負有意見，倒還沒什麼，但不能保證他們不會直接採取行動。況且各位對我妹瑪理娜也有正面影響，我希望你們能相處久一點。』

無論如何，就算沒有這件委託，我也打算見證到最後，這樣就能光明正大守護艾爾貝里歐了。

「話說回來，為什麼船要沿著岸邊行駛？直線開過去的話，根本用不到半天吧？」

「其實，迪涅湖裡棲息著連船隻都會攻擊的巨大魔物。但只要不侵入牠的地盤就不會有事，船才會這樣開。」

直線朝羅馬尼歐前進，會不小心進入魔物的地盤，因此船才會沿著湖岸行駛。

順帶一提，也可以走陸路前往羅馬尼歐，不過途中會有高低差劇烈的山和樹木，逼人繞道而行，所以坐船是最快的。

「巨大魔物……不曉得我殺不殺得了。」

「拜託別這麼做，雷烏斯。就算是你也沒辦法在水中作戰吧。」

「真受不了。請你別亂說話。」

兄妹倆說得沒錯，雷烏斯這種使用大劍的戰士，會因為水的阻力揮不動劍，最好避免進行水中戰。

我的「麥格農」威力八成也會大幅下降，要瞄準的話，就得趁牠浮出水面的時候吧？

想了這麼多，目前並沒有要跟牠戰鬥的理由，因此我沒有繼續深思下去。

「巨大魔物……不曉得好不好吃。」

「別這樣。未必所有東西都像昨晚的迪涅迦，大就代表美味。」

「天狼星少爺常說，食材愈大，味道有時反而愈馬虎，不見得好吃。」

「嗯……也對。得先處理艾爾貝里歐的問題。」

總覺得只要拜託水精靈，就能操縱水讓魔物浮出水面，進而將牠打倒。

然而，即使我們真的順利打倒牠，那可是連船都會攻擊的大魚，很難帶回去，幸好莉絲放棄了。

不久後，船隻抵達羅馬尼歐，我們走向統治這座城市的城主家。

我邊走邊觀察市容，建築風格和氣氛雖然有點不同，整體而言是座跟帕拉多很像的城市。

「那一攤的烤魚……在帕拉多賣兩枚鐵幣，這邊只要一枚耶。」

「是因為漁獲量的差異吧。在這種小地方有差別啊。」

「除了政治問題外，它們之間隔了這麼一大座湖，想把兩座城市合而為一也有困難呢。」

「是啊。現在先專心處理委託吧。」

比我們更早出發的那艘船，好像預先送了信，所以對方應該已經知道艾爾貝里歐的狀況。

隨著目的地一步步接近，艾爾貝里歐也緊張起來，幸好有雷烏斯和瑪理娜笑著陪他聊天，分散了他的注意力。

我將他交給那兩個人照顧，提高戒心走在路上，以履行職責。

抵達城主家的同時，我們因為北斗的關係，和傭人起了些爭執。經過艾爾貝里歐的說明，再加上北斗表現出有多聽我的話後，才好不容易讓他們放下戒心。可惜北斗還是不能進屋，只能請牠在庭院待命。

可能是因為他來過好幾次吧，屋裡的傭人紛紛笑著迎接艾爾貝里歐，只解釋了一、兩句，就把我們帶去見城主。

「喔喔……艾爾貝里歐！」

「我回來了，叔叔。」

城主和艾爾貝里歐一樣是狐尾族，單看外表是個年過四十的男人。他忙碌地和文件奮鬥著，大概是正在工作，然而一看見艾爾貝里歐便露出燦爛笑容歡迎他。

艾爾貝里歐之前就說過他們感情很好，看兩人毫無顧忌地緊緊相擁，彷彿是真正的家人。

「羅馬尼歐叔叔很喜歡哥哥。因為雖然女兒也很好，他好像還是想要個兒子。」

「咦？之前不是說他有兒子嗎？」

「是沒錯，但他說過那人感覺不像他的兒子。況且傳聞雖然說他失蹤，其實似乎是想看看外面的世界，自己跑出去的……」

聽說城主的長男是個相當乖僻的人。

不過城主也清楚兒子並非當繼承人的料，儘管無奈，還是目送長男踏上旅途。

由於長男是這副德行，既有禮貌、又願意珍惜自己女兒的艾爾貝里歐，在他眼中似乎是理想的兒子，很贊成他當自己的女婿。

「好複雜喔……」

「叔叔倒也不是討厭他兒子，據傳他以前曾經說過……兒子就像一位知心的酒友。」

「真的好複雜。」

「先不論那個長男，既然他們處得不錯，不就沒問題了嗎？」

艾爾貝里歐和城主在我們聊天的期間打完招呼，等我們稍微自我介紹後才進入正題。

「幸好你沒事。讀到信的時候我還半信半疑，沒想到你真的把葛吉夫的角帶來了。幹得好！」

「讓您擔心了。請問……帕梅菈人在哪裡？」

「聽說你要來，她正在房間打扮，應該很快就會跑來。看，說人人到……」

接著，房門伴隨地震般的劇烈腳步聲打開，一名狐尾族女性喘著氣衝進來。

「艾爾貝里歐先生！您平安無事呀！」

「帕梅菈！」

是一名擁有及肩的耀眼金髮，以及適度肌肉——大概是多少有在練身體——的健康女性。

還有，雖然講這個不太禮貌，最大的特徵是豐滿的胸部吧？比艾米莉亞和莉絲大一個等級，恐怕是我目前看過最大的。

再加上她穿著禮服，很適合用淑女來形容，誰來看肯定都會誇她漂亮。

原來如此……難怪艾爾貝里歐遇到艾米莉亞和菲亞，卻沒有半分動搖。

兩人抱了一陣子才分開，帕梅菈卻依然握著艾爾貝里歐的手。

「我讀過今早送到的信了。您真的帶了龍角回來？」
「嗯，為了履行與妳的約定。看，就是它。」
「多麼壯觀的角……這樣一來就沒有人可以阻礙我們成婚了！」
「不，還有一件事。我一定會通過試煉，再等我一下。」
「是！我會永遠等下去。」
怎麼說呢……讓人聯想到剛求婚成功的諾艾兒和迪。
兩人激動地再度相擁，我家的女性組面帶微笑，在一旁看著，然而……
「哎呀？艾爾貝里歐先生的肌肉……變得比以前更結實了呢。」
「因為我受過師父的訓練。我不單單只是想履行約定，而是為了保護妳才變強的。」
「呵呵呵。這樣看來，可以抱得再用力一點吧。艾爾貝里歐先生……」
「哈哈哈……唔！我還撐得住！」
骨頭發出吱吱嘎嘎的聲音，艾爾貝里歐立刻露出微妙的表情。
帕梅菈力氣似乎很大，擁抱力道會隨愛情的強烈程度改變。
兩人感受著對方的愛，終於勒──更正，抱完時，帕梅菈放開腿軟的艾爾貝里歐，走到瑪理娜面前。
「帕梅菈小姐，好久不見。」

「妳也平安無事，真的太好了。還有……怎麼了嗎？跟平常一樣叫我姊姊呀。」
「因為……其他人也在。」
「喂喂喂，幹麼顧慮我們？妳不是說過雖然沒有血緣關係，但她就像妳真正的姊姊嗎。」
「喂!?你別亂講話！」
「哎呀……真令人高興。那個男孩……原來如此。」
或許是藉由兩人的互動察覺到了什麼，帕梅菈露出慈祥無比的笑容，像對艾爾貝里歐做過的那樣抱緊瑪理娜。
「我、我不知道妳有什麼誤會，但他只是哥哥的朋友，跟我沒——唔啾!?」
「好啦好啦，我全都明白。來，抱一個……」
「就說不是了！我跟他什麼都——啊啊啊!?姊姊，可以了！好痛，請妳放開我！」
「對不起唷，我太高興了，沒控制好力道。」
又是位……不曉得該如何形容的女性。可以理解兩兄妹為何這麼快習慣我們的脫軌之舉。
「呵呵。瑪理娜也不錯，但還是艾爾貝里歐先生抱起來最舒服。」
「我也最喜歡被帕梅菈抱了。」

「艾爾貝里歐先生……」

「帕梅菈……唔！沒、沒事，可以更用力一點！」

雖然有不少可以吐槽的地方，他們看起來都很幸福，所以我不會那麼不識相。

與帕梅菈熱鬧的重逢告一段落，艾爾貝里歐跟她介紹完我們後，我發現走廊有點吵。

帕梅菈的父親站起身，正準備去門外確認發生什麼事，房門就打開了，一名狐尾族青年氣喘吁吁地出現。

「艾爾貝里歐……你真的回來了。」

「是啊……我依約打倒了葛吉夫。」

瑪理娜偷偷告訴我們，這名青年正是對兩人的婚約有意見的貴族，要求艾爾貝里歐去打倒葛吉夫的人。

從外表就看得出他是貴族，體型則是一般水準，可能是平常沒什麼在鍛鍊。

儘管不及艾爾貝里歐，這名青年也稱得上美男子。他不甘心地呻吟著，質問艾爾貝里歐，看到他拿出的葛吉夫角便輕聲咂舌。

「真的是你一個人打倒的？你該不會找那邊的冒險者幫忙吧？」

「嗯，保證是我獨自打倒的。不過……無法證明這點也是事實。所以才要和你找來的傭兵交手，不是嗎？」

「沒錯，現在就到外面去吧。城主，不好意思，中庭借用一下。」

「我知道。艾爾貝里歐，真的沒問題嗎？」

「沒問題的，叔叔。隨時可以開始。」

「……好吧，不做個了斷，人家也不會服氣。到庭院進行模擬戰吧。」

雙方談妥後，所有人一同前往中庭。途中，雷烏斯向瑪理娜詢問那名貴族青年的資訊。

「欸，那傢伙是在跩什麼？」

「羅馬尼歐的城主目前是帕梅菈小姐──不對，姊姊的父親，可是原先的城主繼任者是那男人的父親。」

以血統來說，城主一職本該由青年的父親接任，由於其他人的推薦，屬於分家的帕梅菈的父親便當上城主。

「論治理人民的能力，現任城主較為優秀，所以那個男人才努力想在自己這一代奪回城主的寶座。不過……我總覺得他以前並非那麼強硬的人。」

據瑪理娜所言，青年原本就有些傲慢，卻不是壞人。

實際上，他想娶帕梅菈也不是基於政治因素，而是純粹對她有好感。

但根據瑪理娜個人的意見，青年最近的行為特別偏激，明顯不對勁。她甚至斷言若是以往的他，絕對不會叫人去討伐危險的葛吉夫。

眾人在中庭集合完畢後，先到的貴族青年帶來一名男子。

他裝備護住要害的鐵製胸甲與護膝，戴著遮住整張臉的鐵面具，背上是一把比艾爾貝里歐整個人還大的劍。

雖然我跟他隔了段距離，從男子散發出的氣息及魔力來看，應該擁有一定的實力。

「這位是成功討伐葛吉夫，最近開始闖出名號的傭兵，他叫雷基斯。若你也同樣打倒了葛吉夫，應該能和他來場精采的比賽吧？」

「…………」

貴族青年說明期間，名為雷基斯的傭兵默默拔出佩劍，所以艾爾貝里歐也拔劍進入備戰狀態。

看來雙方都無須多言，比賽很快就會揭開序幕。

「忘記叫裁判了。這種時候，還是由城主——」

「那麼就由我來當裁判吧。」

「你哪位？這是我們的問題，外人給我退下。」

「我是幾天前在鬥武祭上獲得優勝的天狼星。以我的實力，在他們做過頭時可以迅速介入，那邊的從魔也會聽我命令行事，若有違規行為，我會叫牠立刻制止。」

「嗷！」

「真可靠。那麼就請你代勞了。」

「……沒辦法。要是你對那傢伙稍有偏袒，小心我馬上把你轟出城。」

本來覺得鬥武祭冠軍這個頭銜太引人注目很麻煩，沒想到還挺好用的。再加上北斗的存在感，我順利當上了裁判。

這樣就算對方要什麼小花招，我也能馬上插手。儘管目前沒那種跡象，謹慎點總是比較好。

「那麼重新確認規則。任一方認輸，或是我判斷任一方無法繼續戰鬥時，比賽就到此結束。倘若發現兩位有殺害對方的意圖，我和從魔會當場將你們壓制住。」

「嗷！」

「那麼……」

待兩人都持劍擺好架勢，我舉起手，過了兩秒左右才揮下。

「開始！」

我都發號施令了，艾爾貝里歐與傭兵卻站在原地不動。

不……是沒辦法動。

基本上，艾爾貝里歐的戰術是守株待兔型，鐵面具傭兵正在猶豫該如何進攻。

「哥哥……不是不再處於被動了嗎？」

「沒有啊。跟大哥訓練時艾爾是都在進攻沒錯，但他最擅長的戰鬥方式是像現在這樣，等待對方出手。」

「那為什麼還要讓哥哥接受那種訓練？」

「我也不清楚，大哥說是為了讓艾爾成長一輪。」

雷烏斯說得沒錯，我訓練艾爾貝里歐時，著重在積極進攻方面。

這是因為艾爾貝里歐抵擋攻擊的技術，已經達到不錯的等級。只要把體力提升到一定程度，輔以學習其他技術，這方面自然而然會更進一步。

他需要的是發動攻勢的直覺，以及能讓他隨機應變的經驗。艾爾貝里歐缺少的是這部分，所以我才會一直讓他經歷平常不會做的事。

「妳看好。差不多……要有動靜了！」

在場上的人雖然是艾爾貝里歐，雷烏斯卻也想像著自己與傭兵交手的情境。

他預測出對手的行動，這句話一脫口，鐵面具傭兵就向前邁步，揮下大劍。

這名劍士的臂力似乎不下雷烏斯，劍路既沉重又銳利。若要與其正面交鋒，劍相對小把的艾爾貝里歐會趨於下風。

即使如此，艾爾貝里歐仍冷靜看著對手，配合他揮下來的劍行動。

「喝！」

鐵塊的激烈碰撞聲響徹四周，與此同時，一把劍飛向空中，刺進中庭的角落。

我望向兩人……

「……是我……贏了。」

「呼……是啊。」

場中只見失去大劍的傭兵，以及拿劍抵著他的脖子的艾爾貝里歐。

勝負一目了然。

「勝者……艾爾貝里歐！」

「艾爾貝里歐先生！」

宣布結果的瞬間，帕梅菈衝出去抱住艾爾貝里歐。

「我就知道您會獲勝！」

「謝謝妳，帕梅菈。這樣我們就能名正言順——嗚……妳是不是有點太用力？別激動！」

「您太帥了！我們立刻結婚吧！」

「嗚!?嗯……結、結婚——嗚呃！」

「姊姊，冷靜點！哥哥的身體發出好恐怖的聲音！」

「啊!?對、對不起。我太高興了，不小心就……」

多虧慢半拍跑過來的瑪理娜阻止了她，艾爾貝里歐才沒受重傷，可是帕梅菈造成的傷害比模擬戰更大，我看艾爾貝里歐今後得把身體練到承受得住她的擁抱。這樣講雖然怪怪的，但真正的敵人是未婚妻……的意思嗎？

「恭喜你，艾爾。好厲害的技術！」

「都是因為見識過你的劍技。」

簡單來說，艾爾貝里歐所做的只有用劍敲打對手的劍，將之擊飛。

然而，對手的力氣也不小，一般來說不可能只敲一下就使之脫手。事實上，受過我訓練前的艾爾貝里歐別說打飛，光是讓劍偏移應該就夠他受了。

然而透過觀察我和雷烏斯的劍路，艾爾貝里歐的直覺變得比之前更加敏銳，能判斷從哪個方向敲下去，對敵人造成的負擔最大。

再加上他在與我交手的過程中，累積不少主動出擊的經驗，如今的他能毫不猶豫衝向敵人，使出精準的一擊。

「怎麼會……不可能！艾爾貝里歐不可能這麼強……」

目睹這樣的結果，貴族青年悔恨地咬緊牙關，剛才還在戰鬥的傭兵撿起劍向他說道：

「認命吧。那傢伙不只完成你提出的難題，還打贏了我喔？」

「難不成……你放水？」

「真是失禮的雇主。你聽好，我使出全力而落敗了。而你對帕梅菈的愛也輸給了艾爾貝里歐。」

「說什麼鬼話！我更愛——」

鐵面具男子突然變得很多話，和貴族青年交談著。這時不知為何，帕梅菈和她的父親突然大吃一驚，艾爾貝里歐和瑪理娜則歪過頭，彷彿想到了什麼。

「利用權力強人所難，直到最後都不肯親自戰鬥，這還叫愛她？你也該注意到自己的行為舉止有問題了。你被那女人騙了。」

「不、不對……我哪有被騙……」

「這幾天我會派兵過去，要推卸責任的話勸你盡快。老實說，虧你有種把那麼可疑的女人留在身邊。」

「你、你這傢伙！區區傭兵意見還這麼多！」

「畢竟我算相關人士嘛。」

傭兵鬆開防具的皮帶，毫不猶豫拿下鐵面具。

被防具壓住的狐尾瞬間彈出，面具底下的頭部長著一對狐耳。

意思是他也是狐尾族，這名傭兵的面容卻讓我有些在意。那銳利的眼神、宛如孩童的調皮笑容，總覺得在哪看過。

而且還是最近的事……沒錯，這名男子有點神似帕梅菈。

「你……是韋恩嗎!?」

「哥哥!?」

在我靈光一閃時，帕梅菈和她的父親驚呼道。

他就是瑪理娜剛才提到的帕梅菈的哥哥——城主那個行蹤不明的長男嗎？

「事情與帕梅菈有關，我當然有權插嘴。聽懂了就快滾回去，告訴那女人結果跟計畫中的不一樣。」

「可、可惡……」

似乎有什麼只有他們倆才知道的內情，貴族青年沒再回嘴，轉身離去。

等到他哀傷的背影消失在視線範圍外，韋恩才轉身向家人揮手問候。

「嗨，老爸。還有，我回來囉，妹妹啊。」

「哥哥，你沒事呀！」

「什麼叫『我回來囉』……真是，你這傢伙……」

「韋恩先生，您為什麼要……」

「我也是有苦衷的。是說你真的變強了呢！」

艾爾貝里歐一臉錯愕，韋恩笑著拍拍他的肩，向我們說明事情緣由。

韋恩隱藏身分當了一陣子冒險者，在打敗葛吉夫時感到滿足，不久前回到羅馬尼歐。

「當時家裡好像有點問題，所以我不方便露臉。在公會收集情報之際，剛才那傢伙碰巧跑來委託我。」

內容當然是希望他和艾爾貝里歐打一場，韋恩就是趁這機會獲取情報。他掌握住現狀，向住在貴族家的傭人詢問想知道的事。

「那男人雖然有點傲慢，本來並不是會像這次一樣刁難人的類型。他的個性是在某個女人出現後開始丕變。」

對方是名用兜帽遮住臉的妙齡女子，在韋恩正式著手調查時，艾爾貝里歐正好跟我們一起回來了。

「老爸，立刻派人去他家吧。那副模樣太詭異了。」

「嗯、嗯……知道了。」

「哥哥，我明白你調查了很多，可是你不覺得沒必要跟艾爾貝里歐先生交手嗎？」

「哎呀，我想測試他配不配得上妳，忍不住就……」

意思是韋恩之前都潛伏在敵陣搜查，如傳聞所說，確實是個怪人……不對，是遵循本能的人。

看到韋恩笑咪咪的，絲毫不覺得內疚，城主對帕梅菈使了個眼色。

「帕梅菈，上吧。」

「是，爸爸。來，哥哥，請收下與妹妹重逢的擁抱。」

「不了，妳的擁抱太強——唔喔喔喔——!?」

她似乎沒有控制力道，韋恩的骨頭發出比艾爾貝里歐剛才更厲害的吱嘎聲。

艾爾貝里歐和瑪理娜似乎與帕梅菈站在同一邊，沒有阻止，只是苦笑著默默旁觀。

過了一會兒，韋恩被解放開來，搖搖晃晃走向艾爾貝里歐，和他握手。

他的表情極其嚴肅，我想絕對不是因為身體被抱得很痛。

「艾爾貝里歐，我再說一次，我輸得徹底。雖然放著家裡不管的我，講這話有點奇怪，我妹就交給你了。」

「韋恩先生……謝謝您。」

「這樣我就能放心在你手下工作囉。」

「咦？在我手下工作……什麼意思？」

「跟帕梅菈結婚後，羅馬尼歐的下任城主不就是你了嗎？我沒那個能耐治理城市，打算加入警備隊，聽你的話行事。」

「不不不!?有韋恩先生在，城主怎麼能給我當呢！」

雖然我是局外人，我認為韋恩是正確的。

連父親和他自己，都斷言他不是當城主的料，如此一來，與現任城主的女兒結婚的艾爾貝里歐，必然會是下任城主的候補。

如果他不願意，推測會由帕梅菈或其他貴族擔任，不過就我個人的見解，艾爾貝里歐的人品會自然吸引其他人，擁有領導眾人的能力。

帕拉多的市民都很喜歡他，在羅馬尼歐的時候除了部分人士，也幾乎每個人都會給他好臉色看。

也就是不會被人討厭的天分……我認為他的能力足以勝任這項職位。

「是啊。比起韋恩，我也比較傾向讓艾爾貝里歐接任。」

「叔、叔叔……」

「不過那都是之後的事，我是看清你這個人後才做決定的，所以放心吧。先讓我看看女兒和你的婚禮。可以的話……我還想抱孫呢。」

「對呀，艾爾貝里歐先生！已經沒有人可以阻止我們了。」

「……好。我會遵守和妳的約定。」

兩人面對彼此，艾爾貝里歐單膝跪地，執起帕梅菈的手。

「帕梅菈……是時候履行十年前的約定了。嫁給我吧！」

「我願意！」

帕梅菈答應求婚的瞬間，我們獻上熱烈的掌聲。

兩人毫不顧慮他人的目光，幸福相擁，女性組羨慕地看著。

「唉……太美妙了。我也遲早會和天狼星少爺……」

「龍的難度太高，我希望他騎北斗向我求婚。」

「呵呵……我會一直等你的。」

只要我有意願，隨時可以定下來，卻一直雲遊各地當冒險者。她們願意跟隨這樣子的我。

因此……

「總有一天，我一定會明白告訴妳們。」

我在內心發誓，要找個機會正式向三人求婚。

「哥哥，姊姊……真的……太好了。」

瑪理娜笑著凝視幸福至極的兩人，這抹笑容卻有股異樣感。雷烏斯似乎也注意到了，默默走過去，把手放到她肩上。

「欸……瑪理娜，寂寞的話，之後去跟艾爾講清楚啦。什麼都不說是最糟糕的喔？」

「你、你在說什麼!?哥哥和姊姊在一起那麼幸福，我幹麼要寂寞！」

「是我想太多嗎？姊姊和大哥成為戀人時，我也超開心的，同時又覺得姊姊像是要跑去很遠的地方，有點寂寞。所以我才以為妳可能也一樣。」

「怎麼可——」

瑪理娜雖然矢口否認，但看著相擁的哥哥與嫂嫂，講話卻越來越小聲，最後嘆著氣喃喃道：

「……不，或許就是你說的那樣。我有點……寂寞。哥哥已經不是只屬於我的哥哥了……腦中全是討厭的想法。」

「果然。不過，那些都是錯覺啦。只是我們擅自這麼覺得，艾爾才沒有變咧。」

「跩什麼跩呀。不過……嗯，我有點能理解。」

不抗拒正視自己的想法，好好面對它，並直視前方是很重要的。

雷烏斯透過自身經驗給予瑪理娜建議，看到他的成長，我感到很高興。話說回來，儘管比不上確定要結婚的那兩人，這兩位的氣氛也不錯嘛。

他們關係變好自然是好事，然而考慮到將來，我不禁覺得有點惋惜。

因為，只要我們還是冒險者，勢必得與瑪理娜分離。

之後根據城主派到貴族青年家的警衛的報告，韋恩查到的那名可疑女子早已消失無蹤。

一點痕跡都沒留下，甚至讓人懷疑她是否真的存在，那名貴族的記憶也變得模糊不清，完全不記得她。

「有人讓我聞了一種使人上癮的香味，我頓時覺得自己彷彿什麼都辦得到。那個人是——可惡！什麼都想不起來！」

我也試著診斷了一下，疑似是讓他嗅聞具有幻覺效果以及能夠奪取思考能力的藥物。他被那名女子的言語蠱惑，告訴他為了得到帕梅菈，即使手段刁難也無所謂，只要態度強硬一點就行了。

但沒有證據可以證明這點，不論如何，這件事終究是貴族青年自己決定要做，他雖然很不甘心，依然乖乖承認錯誤，道歉後祝福了艾爾貝里歐和帕梅菈。或許是因為他親眼目睹兩人的感情之好，不得不承認自己輸了。

我本來也想找找看那名可疑女子，但我不僅沒見過她，連長相跟魔力都一概不知，根本是大海撈針。

警衛在城裡搜索後也沒找到，甚至連派得上用場的目擊證言都沒有，因此數日後便停止偵查。

儘管有種心裡還留著疙瘩的感覺，艾爾貝里歐的問題就這樣順利解決了。

《雷烏斯的選擇》

艾爾貝里歐的問題解決後，過了幾天……

我們已經在帕拉多和羅馬尼歐充分觀光過，卻還沒踏上旅途。

因為我們要參加艾爾貝里歐和帕梅菈幾天後舉行的婚禮。

我們也有幫忙準備，但我先回了帕拉多一趟，去找艾爾貝里歐的哥哥。

理由是為了向他回報，然而也有些話不太好開口，因此只有我獨自出面。

「……以上就是這次的報告內容。有些古板的貴族對那兩人結婚一事抱持意見，不過以整個城市的氣氛來說，大多數居民似乎都在祝福他們。和以往沒有太大的區別。」

「辛苦了，婚禮籌備得如何？」

「雖然有許多得花時間處理的部分，照這速度應該能順利在兩天後舉行。」

「本以為可以放心了，看來還不容大意啊。接著是給你們的報酬……跟上次一樣可以嗎？」

「是的。砂糖、鹽和香料，如果能加上前幾天拿到的水產就更好了。」

帕拉多城主的委託仍在進行，每當我像這樣回來報告艾爾貝里歐的近況，都能收到報酬。至於最重要的酬勞本身，研發新料理和調味等等會消耗許多食材，因此比起金錢，我優先選擇以食材和特產支付。

之後我又報告了幾件事，離開城主家時，正好跟在街上散步的徒弟會合。

「喔，大哥！」

「天狼星少爺，您報告完了嗎？」

「嗯，又拿到一堆食材，看來能挑戰新菜色了。你們在做什麼？」

「在找送給艾爾貝里歐和帕梅菈的禮物。」

「可是街上賣的他們應該看習慣了，我們在到處亂逛，尋找有沒有稀奇的東西。」

本來想做個結婚蛋糕給他們，基於某個原因作罷，所以我打算嘗試這一帶沒有的料理。

我也和弟子們一同逛起街上的攤販，無奈一直沒找到中意的。

「大哥，這種時候最好送些什麼呢？」

「這個嘛，送風俗習慣上帶有吉祥意義的禮物如何？」

我提了幾樣會讓人聯想到兩人羈絆永不改變的吉祥物，雷烏斯卻都不喜歡。

「該怎麼說呢……我想讓艾爾嚇一大跳！」

「呵呵，你比我們更認真耶。」
「這也不能怪他。畢竟……對吧？」
「嗯！因為艾爾是我的朋友！」
共同訓練、變得互相信賴的兩人，如今交情非常要好，而雷烏斯和瑪理娜現在的關係也不錯。
或許是因為明白這樣會更捨不得分離吧，雷烏斯最近經常在笑，彷彿要掩飾悲傷。
看他故作開朗，身為姊姊的艾米莉亞認真地問道：
「雷烏斯，假如你想，要留在這裡也——」
「姊、姊姊妳在說什麼啊！我當然要跟著大哥啊？我們不是一起在銀月下發過誓了嗎！」
「……是嗎？若這是你的選擇，我沒意見。」
恐怕是我害的吧。
雖說是必須的，從小到大的教育，導致雷烏斯的生活重心變成了我。
所以……他才會這樣回答。
這是他選擇的道路，身為受他景仰的人，我也無法斷言這樣不好，但我覺得，不惜壓抑自己的感情也要以我為優先，會把雷烏斯的優點掩蓋住。

為了讓他累積這方面的經驗，我認為需要下一劑猛藥，無奈遲遲等不到機會。

我懷著這個念頭靜待時機來臨——最後終於被我等到了。

隔天早上，昨晚在帕拉多過夜的我們在旅館做準備，要返回艾爾貝里歐所在的羅馬尼歐，從窗外看出去卻發現整個城市鬧哄哄的。

我們集合在旅館櫃檯前，想搞清楚狀況時，負責協助城主辦公的女性慌慌張張地跑過來：

「各位，不好意思，方便立刻來見城主一趟嗎？」

「怎麼了？外面在吵什麼？還有這個人是來幹麼的？」

「看來與這狀況有關呢。好的，我們馬上過去。」

「謝謝您。我邊走邊向幾位說明……」

我們在路上聽部下說明現狀，來到城主家。

這裡果然也有受到影響，警衛的數量很少，我們沒特別被盤問什麼，部下就把我們帶到裡面，聽城主解釋詳情。

「來了啊。不好意思，突然把你們叫來，事情原委已經聽她說明過了吧？」

「是的。聽說有大群魔物正在逼近這座城市。」

在這個世界，出現大群魔物並不罕見。

可能性有很多，例如住在森林的哥布林繁殖過剩，一同從森林裡竄出，尋找食物或繁殖用的女性等等，總之是一般現象。

這座城市有許多冒險者，鎮上也有警備隊，規模較小的魔物群集應該應付得來。要是有個萬一，還可以坐船逃到湖上。

外面之所以那麼吵鬧，推測就是在準備防禦和狀況危急時用的船隻，然而這次的情況似乎有點不同於往常。

「據前去偵查的人回報，魔物的數量低於一千。八成會有傷患，不過我們應該勉強能處理，問題出在……」

「看來狀況並不尋常？」

「沒錯。這次的魔物群參雜各式各樣的種類，連絕對不會集體行動的魔物都混在其中，逐漸接近這座城市。」

遵循本能生活的魔物不可能與其他魔物集體行動，所以基本上，魔物群都是由哥布林之類的同種族魔物組成。

這次的魔物群卻有各種類型，連平常會互相捕食的魔物都一同逼近帕拉多。

「雖然全是令人費解的現象，目前比起原因，城市的安全更加重要。若只有一種魔物，還算好制定對策，這麼多種就難處理了。總之我想盡量增加戰力。」

「唔……」

我看了弟子們一眼，他們並不反對的樣子。

可是決定權終究在我手上，大家都默默等待我發言。

儘管我們認識的時間不長，城主在三餐及報酬方面都特地給我們方便，更重要的是，這裡是艾爾貝里歐的故鄉。既然受過人家的關照，自然不可能坐視不管。

「我明白了。我們也來幫忙。」

「真的嗎？非常感謝。」

「嘿嘿，安啦。只要有大哥和我們在，魔物根本不算什麼。」

「嗯。有把舍弟訓練得那麼強的你們和北斗先生在，著實令人放心。萬事拜託囉。我直接講重點，迎擊魔物的位置在西北方——」

城主說明了目前制定的作戰計畫，我們必須前往正在布陣的城外，但這身衣服太過輕便，大家便先回到旅館整裝。

回旅館穿上放在馬車的裝備後，城主派人到旅館前面送我們過去。

「用魔法或遠距離攻擊減少敵人數量，敵人接近的話再派近戰部隊迎擊……是最安全的戰術。」

「剩下要等抵達現場後再視情況行動……對吧？」

「就是這樣。城主說我們是游擊隊，自由行動就好，所以選擇戰鬥位置也很重要。」

「這是他信任我們的證據呢。」

「對啊！可得回應他的期待才行。」

「也必須盡量減少傷患。」

「團體戰容易發生意料外的情況，別忘記時時注意周遭。」

「「是。」」

「嗯。」

我在最後叮嚀一句，坐上馬車，不知為何，雷烏斯卻一動也不動，看著羅馬尼歐的方向。

「怎麼了，雷烏斯？該出發囉。」

「這個味道是……」

「味道？噢……那孩子怎麼會來？」

我反射性用「探查」偵測，明白了雷烏斯疑惑的原因。

「怎麼了嗎？」

「看那邊。」

我望向雷烏斯所指的地方，瑪理娜喘著氣從遠處跑來。她應該在羅馬尼歐忙著籌備婚禮，怎麼一個人跑來了？

見她那麼慌張，肯定發生了什麼事，不過一看到我們，她的表情就放鬆了些。

「呼……呼……太好了。找到了！」

「瑪理娜，妳怎麼了？我們現在要去處理魔物，沒時間講太久喔。」

「怎、怎麼會!?這邊也……」

「這邊也？喂，該不會連羅馬尼歐都……」

「嗯！羅馬尼歐也有一大群魔物在接近！」

據瑪理娜所言，羅馬尼歐跟帕拉多一樣，有群魔物正在逼近。

那邊的魔物不但會更快抵達城市，規模還更加龐大。

種類似乎也五花八門，城主立刻組成討伐隊迎擊，艾爾貝里歐和韋恩也在其中。

瑪理娜搭乘緊急安排的小型船過來，以便將這個狀況告知帕拉多。

「拜託！救救哥哥！我們只剩下各位可以依靠了……」

「冷靜點，瑪理娜。以艾爾貝里歐現在的實力，不可能一下就被魔物打倒，還有韋恩先生在，只要他們沒有處於孤立無援的狀態……」

「……就是要孤立無援了！」

艾爾貝里歐和韋恩身處不同的隊伍，分別被配置在左翼與右翼。

作戰計畫訂好後，帕梅菈在出擊前過來為眾人送行，吻了艾爾貝里歐。

感情和睦的兩人令其他人會心一笑，瑪理娜卻發現有些貴族看他們的眼神不太對勁。

「不只是嫉妒，我有種非常討厭的感覺。所以我用幻術隱身，跟在他們後面，結果……」

瑪理娜因為尾巴的關係，對外人的視線十分敏感，才有辦法察覺這些人目光有異。

「他們說的全是可怕的事，例如要趁機除掉哥哥之類的……哥哥那支部隊的隊長，還是那名貴族的部下。」

意思是，他們企圖操控部隊，讓艾爾貝里歐在魔物群中遭到孤立，偽裝成意外除掉他。

我還想說那些傢伙莫名安分，現在趁亂露出獠牙了嗎？

不對……也可能與硬要刁難艾爾貝里歐的那名貴族狀況相同。

「我得知他們的陰謀時，哥哥早已出發了，所以我去找帕梅菈姊姊的父親商量。他雖說他會派人過去，可是考慮到魔物群的規模，沒有太多人手能支援……」

以目前的狀況來說，似乎沒有多餘的兵力能派去拯救遭到孤立的部隊。

瑪理娜知道光憑一己之力改變不了什麼，便把可能性賭在我們身上，硬要託人開船來找我們。

「我什麼都願意做，請大家幫幫忙！拜託……救救哥哥！」

「這還用說！全部都交給我們吧！」

瑪理娜深深一鞠躬，雷烏斯立刻笑著回答。

不過……同時出現兩個大型魔物群集，還分別襲擊不同的城市？

也不是毫無可能，但我覺得這次明顯是人為。

儘管有許多未解之謎，得先設法搞定那群魔物。

而且……雖然情況危急，機會來了就得好好利用。之後搞不好會被雷烏斯揍一頓就是了。

我在內心苦笑，對菲亞使了個眼色，她察覺到我的意圖，默默點頭。

「大哥，艾爾那邊由我去！所以這邊──」

「你一個人要怎麼去？坐船得花上半天喔？」

「對、對喔。那就讓你或菲亞姊帶我過去……」

「……對不起，我很想幫忙……不過有點困難。」

「為、為什麼!?艾爾有危險，拜託啦，菲亞姊！」

意料外的答覆令雷烏斯激動不已，菲亞面色凝重地搖頭。

「其實……我的故鄉好像也遭到魔物襲擊了。風剛才告訴我的。」

── 雷烏斯 ──

「菲亞……真的嗎？」

「嗯，那些孩子說有非常多魔物在接近。」

菲亞姊的故鄉……遭到襲擊？

怎麼可以這樣！

我不想讓菲亞姊經歷故鄉被魔物襲擊，爸爸跟媽媽……家人都被吃掉的絕望。

「別擔心。在森林裡戰鬥的妖精非常強悍，就算有魔物也不至於太嚴重……」

「可是，菲亞小姐之前不是說過妖精的人口不多嗎？況且妳家人也在……」

「……是啊。說實話，我滿擔心的。」

我很想叫菲亞姊馬上趕回去，卻說不出口。

因為艾爾此刻也有危險。

但我又沒臉要求她去救艾爾，頭痛得不得了。

「從這裡到妳的故鄉要多久？」

「全速飛行的話……一天吧？而且到了那邊，在體力及魔力消耗殆盡的狀態下，也不知道能派上多少用場……」

可惡……怎麼辦！

不過，大哥一定有辦法——

「沒辦法。雖然有點硬來，坐馬車從魔物群中央突破吧。只要在通過的期間用魔法減少魔物數量，對帕拉多也算仁至義盡了。我們直接去菲亞的故鄉。」

「等一下，大哥！那艾爾……艾爾怎麼辦⁉」

「我已經教過他求生技術，就算被魔物包圍，他也有能力逃掉。」

「這、這樣啊……也對，艾爾受過大哥跟北斗先生的訓練，怎麼可能輸呢。」

「咦⁉」

沒錯……既然大哥相信他，我也要相信。

雖然對艾爾和瑪理娜不太好意思，我是大哥的徒弟兼隨從。我在銀月之夜發過誓，要追隨他到天涯海角。

「知道了，大哥。趕快去菲亞姊的故──」

可是……萬一艾爾發生了什麼事？

搞不好有意料外的魔物，重點是，艾爾沒大哥那麼強。

不能保證絕對會平安無事。

「雷烏斯……拜託。救救哥哥……」

瑪理娜她……無助地看著我。

看到那兩個人幸福地相擁時，我誠心為他們感到高興。

萬一……再也看不到那個畫面？

我……我……

「怎麼了，雷烏斯？快上車。」

「我……………去。」

「……你再說一次。」

「我……不去！我要去救艾爾！」

我下意識大叫，莉絲姊困惑地問：

「雷烏斯，這樣真的好嗎？」

「菲亞姊有大哥和姊姊妳們陪著，不會有問題！可是……艾爾不一樣。那傢伙現在只有一個人！」

「我們不曉得什麼時候會回來，說不定根本趕不回來。就算想追上我們，你去救艾爾貝里歐的時候，我們已經在很遠的地方囉？」

即使要多拉一輛馬車，北斗先生速度也比我快好幾倍，還能跑一整天。

而且離太遠會無法追蹤大哥他們的氣味，菲亞姊的故鄉又在森林深處。

菲亞姊說過，那裡沒人帶路就抵達不了，想追上大家應該不太可能，可是……

「我會想辦法！我一定會追上大哥！」

也不是不能在這邊等到菲亞姊的問題解決……但我不要！

我是追著大哥的一方，而不是等待的那一方。

就算追上他時一切都已經結束，我也要繼續追逐大哥的背影。

然而，我最擔心的不是這點。

姊姊咬緊牙關站在我面前，用努力抑制怒火的冰冷目光看著我。

「雷烏斯，你忘記我們的誓言了嗎？」

「沒有！怎麼可能忘記！」

當時的誓言，我到現在都還記得一清二楚！

「我──艾米莉亞．席爾巴利恩……」

「我──雷烏斯．席爾巴利恩……」

「「發誓認天狼星少爺為主，終生服從天狼星少爺。」」

沒錯……我和姊姊一起決定的銀月之誓。

我被大哥拯救，發誓要為大哥而活。

那是我該遵守的誓言，也是我的驕傲。

「如果是天狼星少爺命令你這麼做，自然另當別論，不過你自己說要去艾爾貝里歐那邊，無異於違背誓言喔？」

大哥是我該服從的主人……在不聽命令的瞬間，就沒資格再當他的隨從了，更重要的是我違背了誓言，以銀狼族來說，真是最差勁的男人。

我明白這麼做等於背叛了大哥和姊姊……就算這樣，我還是要去！

「我知道！誓言也很重要，不過我沒辦法放著艾爾不管！我會無法原諒自己！」

「是嗎？既然你這麼決定，我也沒什麼話好說。剩下就交給天狼星少爺吧。」

「……你真的要去？」

姊姊讓開後，大哥露出有點困擾的表情看著我。

若是平常，他應該會命令我去救艾爾，大哥卻沒有開口。

儘管如此，我……

「大哥……姊姊……對不起！我要違背誓言了！」

我當場坐到地上，深深一鞠躬，憑自己的意志違背大哥。

「莉絲姊和菲亞姊也是，對不起！不過有大哥在，就算沒有我……也沒問題的！」

胸口非常痛。

我怎麼可能開得了口……拜託她們送我這麼差勁的人去艾爾那邊。

我不敢正視大哥和姊姊他們的臉，沒等他們回答就衝向迪涅湖。

「各位……對不起。」

「這是雷烏斯自己選擇的道路。妳也快點去吧。」

背後傳來瑪理娜道歉的聲音，我像要把所有東西拋在身後般，奔向前方。

「目前港口停滿準備出港的大型船隻，沒辦法開船。」

「通融一下啦！」

「就跟你說沒辦法了。而且急忙安排船出港，會害市民不安吧？」

我抑制住無法用言語形容的感情和淚水，抓住碼頭的船員請他載我到對面，他卻說沒辦法開船。

該死……艾爾搞不好正處在危險之中，我怎麼能在這種地方被絆住！

「呼……呼……等一下。」

就在我跑來跑去找船的時候，瑪理娜氣喘吁吁地追上我。

對了，既然瑪理娜在這，代表她應該有搭乘來回羅馬尼歐的船。

「瑪理娜！妳的船在哪！」

「聽、聽見了啦，你別激動！看，船在那——啊!?」

瑪理娜指向一艘小船，可是那艘船被大型船擋住，駛不出去。

「不會吧！有、有沒有其他船……」

「……那艘！」

我找到用來捕撈附近魚群的小船，那個大小應該能從船的縫隙間鑽出去。

雖然光坐我們兩個就快要擠不下，又得用木槳自己撐船前進，有總比沒有好。

「坐那艘！妳告訴我往哪邊開才過得去。」

「嗯。那邊！」

瑪理娜似乎也判斷沒時間猶豫了，點頭和我一同飛奔而出。

正準備跳上船時，一隻巨大白色生物伴隨一陣風出現，擋在我們面前。

「!?北斗先生，你怎麼在這裡？」

牠不是跟大哥一起離開了嗎？

我一頭霧水，北斗先生對湖的方向輕輕叫了一聲。

『我的主人似乎有東西忘在羅馬尼歐，他託我去拿。』

「什麼東西……？」

『你沒必要知道。總之離出發還有段準備時間，主人叫我順便送你們一程。』

什麼嘛……剛剛才在說要趕著回菲亞姊的故鄉，還有時間顧我？

感激歸感激，我可是背叛了大哥……

『怎麼了？為何猶豫？你或許做了不可原諒之事，但這代表對你而言，此事就是如此重要吧？你想讓一切都因為你意氣用事而白費嗎？』

「!?」

啊啊……我真的太嫩了。

北斗先生說得沒錯，現在哪有時間猶豫。

我默默點頭，北斗先生揚起嘴角，趴下來讓我們比較好騎到背上。

「呃……北斗先生來幹麼的？」

「牠說願意載我們到對面。這樣就能用比任何船都還要快的速度趕到了！」

「咦⁉真的——呃，喂⁉」

瑪理娜好像有點不知所措，我沒有理她，抓住她的手騎到北斗先生背上。

沒想到我會有騎乘百狼大人的一天。其他同伴看到，八成會罵死我。

『抓好皮帶，免得摔下去。你的劍也可以掛在那裡。』

用來把馬跟馬車綁在一起的輓具，上面附有能固定東西的皮帶，調整一下就能固定我的劍。

這樣背後就空出來了，於是……

「瑪理娜，妳抓住我的腰，不然小心掉下去！」

「咦⁉可是——」

「不是要去救艾爾嗎！」

「說、說得對！」

北斗先生確認瑪理娜從背後抓緊我後，緩緩站起身子，叫了一聲。

『我動作會比較粗魯。抓穩點。』

牠載著我們，衝向羅馬尼歐……

「呃，北斗先生⁉那邊是湖耶！」

「要、要游泳去嗎⁉」

以北斗先生的腳力，稍微走一點山路也不會有問題，所以我還以為牠會沿著湖邊跑過去，北斗先生卻直接衝向湖面。

牠無視我們的尖叫，在碼頭一跳，用力躍向前方，四隻腳沉進湖中——並沒有。

因為北斗先生把水面當成地面踩，高高跳起。

「北斗先生，這到底是!?」

「怎麼回事呀!?」

在我們不知所措的期間，北斗先生依然在水面行走，直線前進。

有點像大哥的「空中踏臺」。

『只要讓魔力廣範圍擴散開來用以踩踏，即使是水面也足以成為立足點。』

北斗先生邊跑邊告訴我，是因為有水的阻力才辦得到。

這一招的魔力消耗量，比在沒有阻力的空中製造立足點的「空中踏臺」還少，只要努力練習，說不定我也學得會。

「好厲害……已經到湖中央了。」

「北斗先生是直線跑過去，速度當然——呃，等等，我記得湖中央有……」

「咦？啊……魔物!?」

之前聽說過，湖中央棲息著巨大魔物，擅自靠近的話連船都會被攻擊。

我們想起這件事的同時，巨大生物從眼前的水面跳了出來。

「難、難道就是牠!?」

「好、好大!?」

全身漆黑，頭上有好幾根角的巨大魚類，是體型遠遠超越葛吉夫的魔物。魔物發現我們就張大嘴巴逼近，北斗先生卻沒有閃躲，甚至繼續直線前進。

「北、北斗先生！快躲開快躲開！」

「唔……這樣的話，看我在被吞掉前砍了牠！」

我正準備拿起用皮帶固定住的大劍，發現北斗先生渾身散發出龐大的魔力。

『我在執行任務。區區一條魚少來礙事！』

魔力衝擊波自北斗先生口中射出，直接命中魔物，把牠轟得遠遠的，筆直飛向空中。

魔物瞬間被轟到遙遠的前方，掉進湖裡濺起巨大水花，無力地浮在水面一動也不動。

『嗯，多了個地方可以踩。借用一下。』

北斗先生不像目瞪口呆的我們，冷靜地拿牠轟飛的魔物當成踏臺跳起來。

「那隻魔物因為弄沉了好幾艘鎮上的船，被稱為迪涅湖的惡魔……」

「惡魔啊……」

我不經意地望向後方，只見還沒死的那隻被喚作惡魔的生物，逃也似的潛入水

中。

「遇上北斗先生，連惡魔也只需要一擊嗎！大哥的夥伴果然──」

「雷烏斯……」

夥伴……嗎？

我強烈期盼自己能守衛大哥的身後……成為能讓他叫我夥伴的人，可是，或許已經沒希望了。

我想起皺著眉頭的大哥和姊姊他們，陷入消沉，瑪理娜抱我抱得更緊了，輕聲說道：

「那個……對不起，都是我害你遇到這種事……」

「……妳沒有錯，是我自己決定的。」

一無所知，直到事後才聽說艾爾遇上危險才更令人討厭。

結果我因為太害怕，沒聽大哥的回應就跑出來了，不過，我還是不想停止追逐大哥。

雖不曉得這起事件告一段落時，大哥他們會跑到多遠的地方，我一定會追上去，求大哥再讓我跟他在一起，向他道歉。

我驅散浮現心中的後悔，重新提起幹勁時，羅馬尼歐已經近在眼前。

——艾爾貝里歐——

那一天，突然有一大群魔物逼近一如往常的羅馬尼歐。

對我來說，這座城市是從小到大都經常造訪的第二故鄉，自願參加魔物討伐隊再正常不過。

況且……我之後還要跟帕梅菈結婚。

不僅是為了讓大家放心，我得平安度過這次的難關，娶帕梅菈為妻，實現她的夢想。

前去偵察的斥候回報，魔物的數量似乎超過一千，不過我們也成功召集到相應的兵力。

「艾爾貝里歐是左翼的二號隊，我則是右翼的一號隊。」

「我們離得很遠呢。」

大家都清楚我和韋恩先生是能打倒葛吉夫的強者，所以才把我們分散開來。

抵達迎擊魔物的地點，準備前往自己負責的地區時，韋恩先生笑著拍了下我的肩：

「聽好，絕對要活下來喔。萬一你發生什麼事，我可能會死在妹妹的擁抱下。」

「能得到帕梅菈的擁抱不是很好嗎？」

「唉……受不了，你真的跟我妹很配。所以快點把那些不識相的魔物幹掉，好好舉行你們的婚禮！」

「是！韋恩先生也請小心！」

等我就定位後，過了一段時間，便看見專心朝羅馬尼歐奔來的魔物。

各種魔物混在一起的異常景象，令部分士兵心生畏懼，但我們身後是必須守護的故鄉（羅馬尼歐）。

絕對……不能退讓。

「魔法隊！預備……射擊！」

隨著指揮官一聲令下，魔法同時射向敵人，事先設置好的陷阱發動後，魔物的數量明顯減少。等魔物接近到一定距離，再由我們這些騎在馬上的近戰部隊突擊。

就這樣，與魔物的戰鬥揭開序幕。

我被分配到的地點，主要是由羅馬尼歐的貴族手下的士兵，和城裡的警備隊組成的百人部隊。

然而，就算我要與城主之女帕梅菈結婚，此刻的我也只不過是一名士兵，因此這支部隊是由羅馬尼歐貴族雇用的男人負責指揮。

「喝！」

「精湛的劍技！有艾爾貝里歐閣下在，真讓人心安。」
「我也是。有各位與我一同作戰，我才能放心站在前線。」
雖然我幾乎未曾參加過團體戰，多虧師父和北斗先生那彷彿在跟一大群敵人交手的模擬戰，我才能維持冷靜。
而且，身邊還有與我站在同一陣線的夥伴。
我幾乎不用擔心背後，接連打倒魔物，卻在途中發現情況不太對勁。
「前進！一口氣壓制住牠們！」
……又來了。
戰況確實是我方占上風，但為何指揮官只會一味叫人前進？
再繼續深入下去，我們的部隊顯然會遭到孤立。
我察覺到異狀，謹慎地觀察周遭……
「……糟糕！必須快點退後！」
不知不覺，只有我們這隊跑到非常前面，與其他部隊分散，即將被隔離開來。
面對這麼大群的魔物，我不認為指揮官會犯這種低級錯誤……不，現在沒時間想這麼多了。
我回頭想立刻通知其他人，卻發現負責指揮我們的貴族和他的直屬部下正聚在一起開始後退。

留下仍在戰鬥的我們……

「看！那些傢伙想跑哪去!?」

「我們也……該死！不行！被徹底包圍了！」

「哪邊是羅馬尼歐的方向!?」

此時其他同伴也發現了，試圖追上後方部隊，我們卻已經被魔物團團包圍。

指揮官也跑掉了，有些人陷入混亂，衝向前想靠蠻力突破重圍，然而……

「不行，快撤！數量太多──唔！」

對我們十幾個人來說，數量破百的魔物群實在太多，幾名夥伴一個個淪為魔物手下的犧牲者，無計可施。

剩下的我們彼此照應，持續奮戰，戰局卻每況愈下。

再加上極度緊張和沒完沒了的戰鬥磨耗著身心，夥伴們開始顯露疲態，接連倒地。

「大家退下！這邊由我來！」

「抱、抱歉，艾爾貝里歐閣下！不過，這樣下去……」

我一面協助戰友，一面持續戰鬥，但這樣下去無疑會全滅。

何況少了指揮者，一支隊伍便無法團結作戰，甚至連逃跑都做不到。

一下子就好。

只要有讓我們重整態勢的時間……

「可、可惡！別過來……別靠近我！」

「冷靜點！眼前只需要專注在保護彼此！」

我思考著脫離困境的方法，斬殺魔物，附近的夥伴差點死在歐克手下。

歐克是比我大上好幾倍的人型魔物，動作緩慢，卻擁有能輕易擊碎岩石的力氣。手上拿著直接拔起巨樹做成的巨大棍棒，一旦被打中，肯定會受到致命傷。

「休想得逞！」

我立刻擋在前面，用劍彈開歐克揮下的棍棒並反擊，砍斷他的手。

然而，戰鬥累積的疲勞導致我太過大意，來不及立刻防禦另一隻手揮出的拳頭。

「糟──嗚！」

我勉強擋開，卻沒有完全抵消掉衝擊，狼狽地倒在地上。

我立刻試圖起身，可是剛好有另一隻歐克在我旁邊，將我一把抓起。

「艾爾貝里歐閣下!?我馬上去救──嘖，少礙事！」

以歐克的力氣，隨手一握就能把我捏爛吧。

但在那之前，我用收在腰際的小刀刺向歐克的臂膀，牠便痛得鬆開了手。

「喝啊啊！」

我趁隙逃離，以牠的手臂做為支點跳起來，砍斷歐克的頭。

「唔……還有啊。」

好不容易打倒一隻，又出現兩隻歐克擋在我面前，連喘息的時間都沒有。

而且不只歐克，四周擠滿各種魔物，不斷攻擊我們。

在其他地點戰鬥的夥伴也無暇他顧，不太可能有人來救我。

包含精神面在內，大家的疲勞都快到極限了，真的可以說是走投無路……我卻經歷過更惡劣的狀況。

跟和師父與北斗先生對峙時的絕望比起來，這點程度不算什麼。

所以，還能戰鬥。

而且我還有心愛的她……心愛的家人在等著我回去。

非得讓把我訓練成這樣的師父及友人參加我和帕梅菈的婚禮，我才會服氣。

絕對……不會放棄。

『多狼狽都無所謂。想活下來就別停止思考，繼續戰鬥。放棄這種選項，等死了再選就好。』

我想起之前師父對我說過的話，咆哮著拿劍對著逼近我的兩隻歐克之際……

「…………喝啊啊啊啊啊啊——！」

曾經聽過的宏亮吶喊聲傳來，與此同時，有個人從天而降。

那人降落在我面前，把耐打的歐克直接劈成兩半。

「唔喔喔喔喔喔——！」

他還在落地瞬間扭動身軀，踩裂地面，手握又大又長的鐵塊橫向一砍，漂亮地將剩下那隻歐克一分為二。

「怎麼……回事？」

鐵塊……不對，揮舞熟悉的大劍、施展熟悉劍技的這個人……是誰？

這人跟我的朋友很像……但我的朋友雖為銀狼族，卻不是這種全身長滿獸毛的半狼人。

突發狀況令我不知所措，這時狼男砍倒附近的魔物，一邊大叫：

「我來擋住這邊！艾爾，你去負責那一頭！」

「雷烏斯……是你嗎？」

區區一劍就能掃蕩魔物的力量，以及聲音，再加上只有他會這麼叫的暱稱，使我確信那人就是雷烏斯。

「你在幹麼！受過大哥訓練的人發什麼呆！」

沒錯，朋友特地來助我一臂之力——哪有時間給我發呆。

「抱歉！等我一下！」

「嗯！在我清乾淨這些魔物前完工啊！」

背後傳來可靠的話語，我轉身想確認戰友們的處境，卻看見異樣的景象。

「怎麼了？魔物在……」

「為、為什麼會這樣!?」

數不清的女人出現在魔物周圍，魔物胡亂攻擊她們，動作越來越激烈，最後甚至開始互相攻擊。

總之，魔物的攻勢減弱了，於是我把分散各處的夥伴們召集起來。

這時，察覺動靜的一隻哥布林衝向我，我舉劍朝牠……

「嗷！」

白色生物如一陣旋風般現身，用前腳拍爛接近我的哥布林。

純白的獸毛，令人絕望的魄力。這頭生物是誰已無須多言。

除此之外……

「哥哥！」

「瑪理娜!?」

坐在北斗先生背上的，果然是瑪理娜。

從看見幻影的瞬間我就猜到了，沒想到竟然連妳都趕來助陣。

「我很感激妳來救我，可是這裡很危險。北斗先生，不好意思，請您把我妹帶到安全的——」

「!?」

「不要！我才不是一直讓哥哥保護的妹妹！這次換我來拯救哥哥！」

害怕尾巴被人看見、總是躲在我身後的瑪理娜，展現出堅定意志，使我一句話都無法反駁。

「況且現在可不是說這種話的時候。為了讓大家一起回到姊姊身邊，請你讓我也加入戰鬥！」

「可是妳……」

「我想把我的能力用在保護他人上面！」

「……好。瑪理娜，妳願意幫忙嗎？」

「那當然！」

是嗎……不知不覺間，連妳都成長到這個地步了。

妹妹的成長使我差點感動落淚，然而戰鬥尚未結束。

我立刻切換心情，環視周遭，整理現狀。

「喝啊啊啊啊啊啊——！」

雷烏斯正在大顯身手，所以魔物的注意力幾乎全被他吸引住。

再加上瑪理娜製造出的幻影害牠們陷入混亂，往我們靠近的魔物只有寥寥數隻。

「這個幻影會持續多久？」

「沒辦法撐太久。有的應該要開始消失了。」

有雷烏斯和北斗先生在的話，要殲滅四周的魔物也不是不可能，但我們陣中有傷患，應該暫時撤退到陣地附近。

然而，往羅馬尼歐方向的魔物依然很多，即使由雷烏斯開路，也無法保證能邊保護大家邊前進。

儘管很厚臉皮，是否該請北斗先生幫忙開路？腦中剛冒出這個念頭，北斗先生就將瑪理娜放下來，輕輕叫了一聲，轉過身去。

「嗷！」

「呃……謝謝，雖然我聽不懂您在說什麼。」

「北斗先生要去哪裡？」

「牠必須馬上趕回帕拉多，原因我之後再說明。」

「是嗎……」

遺憾歸遺憾，北斗先生也有自己的正事要做。牠都特地來救我了，實在沒什麼好抱怨。

剛才因為北斗先生出現而激動不已的夥伴們，從這段對話得知牠要離開，開始躁動不安。

「艾、艾爾貝里歐閣下！那隻狼不是會幫我們解決魔獸嗎？」

「北斗先生只是負責送我們過來，我想牠不會參與戰鬥。」

「竟、竟然……」

「是師父交代的？」

「是的，他好像命令北斗先生帶我們來找你。」

既然如此，挽留牠也沒用吧。

因為北斗先生只會聽師父的命令。

「可是，只要有牠的力量……」

「我能理解你的心情，但我們再怎麼吵，北斗先生都不會改變心意。別擔心。我的朋友在那邊——」

「嗷！」

我正想安撫夥伴們，北斗先生卻緩緩面向有點偏移羅馬尼歐的方位……

「嗷嗚嗚嗚嗚嗚——！」

咆哮著從口中射出驚人的衝擊波。

衝擊波擊碎地面，魔物有如落葉似的被掃蕩乾淨，衝擊波所經之處，連一隻魔物也沒剩下。

「好……好厲害……」

「那、那隻狼到底是什麼來頭？」

「嗷！」

北斗先生威風地踏上衝擊波開闢出的道路離去。

離開前牠回頭叫的那一聲……聽起來像在說「剩下你們自己想辦法」。

這也是師父的命令嗎？

不，若是如此，北斗先生應該會再幫忙處理一些魔物才對，剛才的衝擊波，八成是牠自己的判斷。

訓練時雖然那麼嚴格，緊要關頭卻很溫柔呢。

「各位，快跑！走北斗先生開出來的路回羅馬尼歐！」

為了讓我們回去，北斗先生開闢出了這條道路。

而且魔物似乎被剛才的衝擊波震懾住，不敢貿然接近，無疑是回到陣地的絕佳機會。

再加上視野變好了……

「看！其他部隊在那邊！趕緊跟他們會合！」

「艾爾貝里歐閣下，我們走吧。」

「不，請各位先走。我要留在這裡。」

夥伴們聽見這句話，嚇了一跳，但我已經決定好了。

「我的朋友在那裡戰鬥。我要去保護他。」

「那麼，不如跟那人一起撤退……」

「這些魔物終究要收拾掉。況且有他在的話，這種程度的魔物贏不了我們。」

雷烏斯每揮一次劍，就會將魔物砍成兩半，或是揍得遠遠的。

然而不曉得他是不是在戒備來自身後的攻擊，動作顯得比平常僵硬。

立刻與雷烏斯會合，讓他能使出全力，就是我的使命。

「……好的。祝您武運昌隆！」

或許是雷烏斯的力量說服了他們，夥伴們護著傷患，經由北斗先生開出的道路往羅馬尼歐移動。

魔物似乎還對剛才的衝擊波有陰影，並未往那個方向接近，轉而盯上我們。

「哥哥，可以消掉幻影了吧？」

「嗯，先把魔力存著。還有……雷烏斯！」

「來了！」

我呼喚朋友的名字，雷烏斯立刻衝過來，和我背靠著背站在一起。

他恢復成平常的雷烏斯，而非剛才的狼人，但我不會在這種時候追問原因。

「那……要怎麼做？」

「老樣子。你負責全力攻擊，我來支援。剩下看情況。」

雷烏斯……果然和我很合得來。

四周雖然還剩下許多魔物，但我已經感受不到絕望。不僅如此，臉上還帶著笑容。

「我也會加油的！」

「嗯，不過，千萬別勉強。」

「對啊。我會保護妳，絕對不要從我背後跑出來喔！」

「嗯、嗯……」

呵呵……若是平常，瑪理娜早就氣得回嘴，今天怎麼變這麼可愛。

你果然可以……

「來了，艾爾！背後就交給你囉！」

「嗯！」

你不惜趕到如此危險的地方來救我，叫我該如何答謝？

不對……謝禮什麼的之後再說就好。

當下最重要的是清理掉這些魔物，讓羅馬尼歐脫離危機。

我深刻感受到身後是可靠的朋友與妹妹，重新握好劍。

── 雷烏斯 ──

託北斗先生的福，我們比計畫中更快抵達迪涅湖對岸。

既然已經到這邊了，之後就能自己過去，北斗先生卻在城門前突然改變方向，在不是港口的地方登陸。

「北斗先生，羅馬尼歐在那裡耶？」

『你的目的地不是城鎮，而是那個人吧？我順便送你一程。』

「謝謝，但大哥不是在等你嗎？」

『把你們放下來後，我就會立刻回去。話先說在前頭，我不會幫忙清理魔物喔？』

「……這是我自己下的決定。你願意送我到艾爾那邊就足夠了。我比較擔心的是，你不會被大哥罵嗎？」

我認真地回問，北斗先生笑了笑，看起來很滿意的樣子。

『這才是主人的徒弟。還有，不必擔心我。少了你們，我一下就回得去。』

北斗先生出發前雖然說牠動作會比較粗魯，但我感覺得出牠移動時有在顧慮我們。

如果北斗先生拿出全力，我們早就摔下去好幾次了，這麼小一座湖，牠應該能在大哥隨手做出一道菜前就移動到對岸。

我們到達目的地時，其他人已經開始跟魔物交戰，所以北斗先生登上一座能俯瞰戰場的小山，以便找到艾爾。

從山頂往下一看，廣闊戰場的各個角落，都有羅馬尼歐士兵在拚命對抗大群的魔物。

「艾爾在……」

「哥哥在……」

「「……那裡！」」

我和瑪理娜同時伸手一指，該處有一小批士兵和其他團體分散，被魔物包圍。

儘管沒有確切的證據，我跟瑪理娜的直覺都指向那個地方。狀況好像也和瑪理娜料想的一樣，艾爾很可能就在那裡。

『嗯。雖然很不明顯，確實聞得到他的氣味，不會有錯。抓穩了。』

北斗先生毫不猶豫，跳下如同陡峭懸崖的高地。

比起跳下，更接近落下，不過北斗先生在途中以岩石當緩衝，減輕我們的負擔。

降落到一定高度時，牠用力踢了下懸崖，跳到遍布魔物的戰場上。

不只羅馬尼歐的人，連魔物都因為北斗先生出現而愣住，因此我們在路上沒有受到任何阻礙。再說，北斗先生速度太快，不可能有魔物追得上。

總之我們沒有與魔物交戰，就抵達艾爾所在的位置，可是魔物密密麻麻圍在旁邊，根本看不見他。

『唔……如果一口氣清掉牠們，可能會連裡面的人都遭受波及。』

「北斗先生，那……」

『準備下來，要跳了。』

北斗先生似乎知道我想做什麼。

我立刻抓住掛在皮帶上的大劍，以備隨時都能戰鬥。

「瑪理娜，我會直接跳下去，妳要待在北斗先生背上喔。」

「跳、跳下去!?」

「前面沒辦法走的話，當然只能從上面囉？順便……」

「上面……喂!?你在幹麼!?」

我閉上眼睛集中精神，強烈想像自己體內有火焰在燃燒……變身成狼的姿態。

這次要一開始就使出全力。

如果你們沒有攻擊城鎮，我就不用背叛大哥了。乖乖承受我的怒火吧。

北斗先生高高跳上空中，魔物群的中心便進入視線範圍內。

『找到了。不過……』

我看到了艾爾，他被大型魔物團團包圍，陷入苦戰。

以艾爾的實力不難打倒那隻大型魔物，可是他不但被包圍，敵人數量又多；更重要的是，他好像在擔心周圍的戰友，動作不是很流暢。

戰況不利到連北斗先生都無言以對，幸好我們勉強趕上了。

北斗先生移動到艾爾的正上方時，我毫不猶豫跳下來，一面墜落一面大吼，吸引魔物的注意力。

「…………喝啊啊啊啊啊——！」

大量魔物聽見這聲咆哮，注意到了我，可惜在牠們行動之前，我已經使勁往艾爾面前的魔物揮下大劍。

這隻魔物看起來挺耐打的，但我利用身體落下的速度揮劍，輕鬆將牠一分為二。

「唔喔喔喔喔喔——！」

大型魔物還有一隻，我扭動身體，直接把牠砍成兩半。就這樣砍死接連逼近的魔物，對呆站在背後的艾爾大喊：

「我來擋住這邊！艾爾，你去負責那邊的！」

「雷烏斯……是你嗎？」

喂喂喂，你不認得我——呃，對喔，艾爾從來沒看過我變身後的模樣。

真是，都體會過大哥的厲害了，別因為這副模樣就被嚇到啊。

「你在幹麼！受過大哥訓練的人發什麼呆！」

不曉得是不是因為變身後太有精神了，我講話不小心變得有點粗魯。

可是艾爾好像發現是我了，表情轉為嚴肅，轉身背對我。

「抱歉！等我一下！」

「嗯！在我清乾淨這些魔物前完工啊！」

我半是開玩笑，半是認真地回答，不停揮舞大劍，將怒氣發洩在魔物身上。

瑪理娜跟艾爾會合後，過沒多久，北斗先生對魔物使出衝擊波，幫忙清出一條路給傷患回城。

牠明明說不會幫忙處理魔物，結果還是出手了嘛。

『你是不是誤會了什麼？這只不過是我要用來走回去的路。』

牠是這麼說的，不過北斗先生大可直接跳過去，無視那群魔物。雖然牠在訓練的時候完全不會放水，北斗先生果然很溫柔。

北斗先生離開後，我依然留在這殲滅魔物，可是戰鬥時還要花心思戒備有沒有來自身後的敵人，導致我無法放手進攻，魔物的數量並沒有減少太多。

儘管很想趕快清掉牠們，回去追大哥，可不能因為太著急而受傷。

沒錯……要冷靜下來。

將變身時產生的如同火焰的熱度只灌注在劍上，身體像水一樣平穩，冷靜行動。

我用自己的方式實踐大哥教我的「無心」，不知不覺，身體恢復成了平常的姿態。

是累了嗎？不對……我猜是身體自己判斷，這種程度的魔物用不著變身就應付得來。都已經和艾爾會合了，戰鬥還會持續一段時間，得保存體力才行。

這也是沉睡在我體內的所謂「本能」嗎？

大哥之前說過，不要只是遵循本能行動，要視情況利用它……我好像隱約明白了。

在我開始感受到對大哥和姊姊他們之外的對象揮劍的喜悅時，艾爾終於做好準備回歸戰線。

「雷烏斯！」

「來了！」

我以瑪理娜為中心，和艾爾背靠背站在一起，面對魔物舉起劍。

嗯……明明被魔物包圍著，艾爾在背後就會很放心。

有大哥保護當然是最令人安心的，不過大哥會俯瞰整個戰局，一面默默旁觀，好讓我多累積一些經驗，跟守在身後不太一樣。

到頭來，我還不是能讓大哥把背後寄託給自己的男人。

所以我想成功救出艾爾，殲滅這群魔物拯救城鎮，拿出最好的成果。

這樣才能在和大哥他們重逢時，不管被用什麼樣的眼神看待，都能抬頭挺胸地回報。

「那……要怎麼做？」

「老樣子。你負責全力攻擊，我來支援。剩下看情況。」

「我也會加油！」

「嗯，不過，千萬別勉強。」

「對啊。我會保護妳，絕對不要從我背後跑出來喔！」

「嗯、嗯……」

瑪理娜不知為何有點緊張，但我應該沒有說錯話。

都是多虧瑪理娜趕來通知，我才來得及救艾爾，即使撇除掉這個原因，我也發自內心想保護她。

「來了，艾爾！背後就交給你囉！」

「嗯！」

我和艾爾大叫的同時，魔物攻了過來。

「唔喔喔喔喔——！」

「喝啊啊啊啊啊！」

我們以瑪理娜為中心，站在她的前後，一面保護彼此，一面擊倒緊逼而來的魔物。

我有點擔心直到剛才都在戰鬥的艾爾會不會太累，可是他透過大哥的訓練和模擬戰鍛鍊過體力，照理說還撐得住。

而且現在可以不必擔心被從後面偷襲，又沒有像葛吉夫那樣大隻的魔物，所以我們沒有遇到任何阻礙。

「雷烏斯！」

「好！」

憑艾爾的劍不好砍的魔物，或是比較費工夫的小魔物一多，我們就會瞬間交換位置，繼續應戰。

「來來來，那邊也有你們的目標喔！」

外加瑪理娜製造出一堆我和艾爾的幻影，讓魔物不會一擁而上。

是說……瑪理娜之前做出來的幻影都模模糊糊，現在的卻非常清楚。

尤其是我的幻影，有種另一個我的感覺，真不可思議。

「我的話還能理解，雷烏斯的幻影妳也做得很好呢。證明妳觀察他觀察得很仔細吧？」

「哥、哥哥！現在不是說這種話的時候……」

不知為何，瑪理娜突然滿臉通紅，但她不僅在維持幻影，還用火魔法攻擊魔物，看來不用擔心——呃，火力是不是太強了點？跟剛才的我一樣，像在發洩耶。

戰鬥持續了一段時間。

我們熟知對方的習慣，不斷配合戰況行動，砍死一隻隻逼近的魔物，偶爾用魔物的屍體當盾牌，堆得太高開始擋路的話，再移動到其他地方。

在我懶得計算砍死多少魔物時，圍在周遭的魔物已經所剩無幾。

「呼……剩下那些啦。你們還好嗎？」

「我還好。哥哥呢？」

「我也是。這樣下去大概能度過危機，不過有一點讓我有些在意。」

「嗯。他們的行為模式怪怪的，而且都不逃。」

我剛揍飛一隻朝我撲過來的哥布林，這傢伙就是個好例子。

哥布林又笨又只會遵循本能行動，照理說會優先攻擊身為女性的瑪理娜，牠們卻是從離自己近的對象開始下手。

而且戰況這麼一面倒，魔物意識到力量差距，逃離戰場也不奇怪，從剛剛到現在卻一隻魔物都沒有試圖逃跑。

「光是遇到這種事，就有許多可疑之處了。根據我的推測，搞不好有個類似指揮官的存在，負責煽動魔物。」

「有可能，不過看來不在這裡……嘿咻！」

砍死眼前這隻魔物後，周圍的魔物終於清光。

雖然其他地區仍在戰鬥，至少艾爾確定安全了。

「呼……都解決掉了嗎？雷烏斯，真的謝謝你。」

「別客氣。我去附近看看，你休息一下。」

「嗯，我會的。對了，師父他——雷烏斯？」

我現在不想提到大哥和姊姊，所以沒有跟他解釋，像在逃避般轉身就走。

由於我戰鬥時以減少數量為重，應該還有沒有死透的魔物。

我找出還有呼吸的魔物，用大劍給牠最後一擊，以免遭到突襲。

「這傢伙好像就是最後一隻。」

魔物的血腥味害我的嗅覺幾乎不起作用，可是周圍除了我們，感覺不到其他氣息，應該不必擔心。

我現在才發現……全身上下都被魔物的血染紅，或許是因為剛剛打得太激烈了。

要是姊姊看到，八成會氣得叫我自己洗乾淨，但以拯救艾爾的代價來說，這還算划算呢。

我把劍插在地上，深深吐氣，這時，面色凝重的艾爾和一臉擔憂的瑪理娜來到我旁邊。

「……雷烏斯。」

「嗯？幹麼這種表情？」

「我聽瑪理娜說了。你為了救我，違背了跟師父的重要誓言……」

「不必介意啦。我也跟瑪理娜說了，這是我自己做的決定。」

雖然不知道大哥會不會接受我的道歉，現在得先打倒其他魔物，趕快去追大哥。

「休息夠就去解決其他魔物吧。接下來要從哪邊開始——」

「雷烏斯！」

艾爾突然大聲打斷我說話，面露不甘，緊緊抱住我。

「你……不惜違抗師父，也要來救我啊。」

「這還用說。因為你是我的朋友。」

「背叛了那麼尊敬，一直視為目標的人……你真傻。我該怎麼補償你？」

「不用啦。而且大哥他們很強，沒什麼好擔心的，我更怕你有個萬一咧。」

「說得……也是。跟師父比起來，我比較令人擔憂。」

他把手放在我肩上，放開了我，帶著有點膽怯的眼神凝視我的眼睛。

「我真的差點沒命。我並不打算放棄，可是我好幾次都感覺到……自己將要拋下帕梅菈離去的恐懼。」

「不過，已經沒事了吧？」

「嗯，多虧有你來幫忙。戰鬥還沒結束，我本來想等事情告一段落再說……但我忍不住了。雷烏斯……是你救了我。無論其他人怎麼說，你都做了件值得驕傲的事。」

聽見這句話的瞬間，心裡流過一股暖流。

沒錯……跟大哥和姊姊他們發生的衝突雖然讓我很難過，我並沒有做錯選擇。

「那個……對不起，擅自說出來。可是，我希望哥哥也知道。」

「沒關係啦，我也因此舒暢了些……謝謝。」

艾爾和瑪理娜終於恢復正常，我鬆了口氣，發現有一群人從遠方騎著馬接近。

「艾爾貝里歐閣下──！」

「那是……太好了，大家順利跟其他人會合了。」

呼喚著艾爾的名字，帶頭跑在前面的，是我獨自戰鬥時跟艾爾說話的男人。

他好像是羅馬尼歐的貴族，比我們年長，艾爾說他親切好溝通，劍術也很優秀，相當可靠。

好不容易從魔物群中逃出，他還因為擔心艾爾，特地帶夥伴回來。看來這人值得信賴。

二十幾名男子停在艾爾面前，目瞪口呆地環視周遭。

「這是……沒想到那麼多的魔物，真的都被打倒了。」

「不會吧？光憑這些戰力，就殺掉超過一百隻魔物……」

男子們望向我跟瑪理娜，表情突然僵住——不對，我知道這是在怕我們。

仔細一想……我現在全身都是魔物的血。

瑪理娜也因為要專心叫出幻影，尾巴變成三條，而不是平常用幻影做成的一條。這些男人大多是狐尾族，難怪這麼怕她。

「雷烏斯……」

瑪理娜不喜歡被人這樣看，想躲到我身後，我搖頭阻止她。

「別在意。我們只是來幫艾爾，抬起胸膛就對了。」

「說得……也是。嗯，我們又沒做錯事。」

跟被大哥和姊姊討厭的感受比起來，這種莫名其妙的人的目光，根本不痛不癢。

看我表現得這麼問心無愧，瑪理娜似乎也恢復鎮定了，前一刻還面帶微笑的艾爾眼神卻瞬間變得銳利。

「我不是不能理解各位的心情，但這兩位救了我的命。更重要的是，他們是我心愛的妹妹及朋友，沒什麼好怕的！」

「但、但是……」

「還是說守護羅馬尼歐的人，是會因為迷信或外表而畏懼他人的懦弱之徒？」

他……絕對在生氣吧？

仔細一想，我好像從來沒看過艾爾生氣。

「他們是與我一同對抗魔物的可靠同伴。看看四周。倒在地上的魔物，大部分都是由拿著這把大劍的他……雷烏斯解決的。」

艾爾對我使了個眼色，我便隨手揮了下大劍……

「喔喔！竟然輕輕鬆鬆就把如此巨大的劍……」

「喂，那把劍應該很重吧？」

「他剛才展現出的實力，果然不是我看錯。」

這些人剛剛還在害怕，現在卻突然兩眼發光看著我。

不，是艾爾有意讓他們產生這種想法的。畢竟在這種狀況下，有個強大的夥伴十分令人心安。

「雷烏斯，你還能打吧？」

「這還用問嗎？我才怕你沒力氣。」

「跟師父的訓練比起來，這還算輕鬆的。至於瑪理娜……」

「哥哥，我還有魔力！」

向我們確認過後，艾爾跟因為擔心他而跑回來的男人詢問整體戰況，把劍刺進地面大喊：

「我們打算直接朝右翼突擊，清除路上的魔物！」

記得帕梅菈小姐的哥哥就在右翼。

我望向該處，戰鬥似乎仍在持續，聽見激烈的戰鬥聲。

「我和雷烏斯從正面進攻，開闢道路！麻煩各位制住其他魔物！」

「等一下！你們才剛打倒這麼多魔物，最好先休息一下。」

「無須擔憂！為了盡快讓戰鬥結束，希望各位與我們共同奮戰！」

這些人大部分都比我們年長，看見艾爾威風凜凜的模樣，卻佩服地點頭。

對喔，大哥之前好像說過。

『雖然不及莉絲的姊姊，我覺得艾爾貝里歐也挺擅長領導、指揮他人的。』

我有時候也會聽艾爾的指示行動，看這些男人的反應，艾爾好像有當指揮官的才能。

和我擁有不同力量的艾爾，令我有點高興，這時看起來地位最高的男人，笑著拍拍胸膛。

「行。我這條命是艾爾貝里歐閣下救回來的，我願意奉陪。」

「……是啊，差點忘記我們到這邊來的目的。」

「我也去。」

「各位……謝謝！」

他們紛紛拍胸脯保證，最後所有人都答應要跟艾爾並肩作戰。瑪理娜偷偷告訴我，拍胸脯這個動作，似乎是用來表達對對方的敬意。

多了一群夥伴後，決定由我和艾爾在前面帶隊，可是沒有多的馬可以給我們騎。最後決定由幾個人共騎一匹馬，把空出來的馬讓給我們……

「我沒關係，用跑的就好。」

「不行，雷烏斯。雖然目的地離這裡不遠，現在得盡量保存體力。」

「我的劍很重，馬會被壓垮吧？」

再說，我根本沒騎過幾次馬。

腳踩在地上比較好使劍，更重要的是為了鍛鍊身體，用跑的比較好。

而且仔細想想，我跑步移動的時間好像比坐在馬車上的時間更長。

體力也還足夠，因此我駁回艾爾的建議，把大劍收進劍鞘，這時瑪理娜騎著馬來到我旁邊。

「你嘴上這麼說，其實是沒騎過馬吧？」

「也不是，但我沒自信騎得好。」

「唉……果然。先跟你說，馬也會載穿著鎧甲的士兵，所以就算是你的劍也載得動。來……」

瑪理娜無奈地嘆氣，對我伸出手。

「……幹麼？要握手嗎？」

「才不是！你對騎術沒自信的話，坐我後面如何？」

「可是，萬一有魔物擋在途中──」

「到時再下馬不就行了！哥哥也說了，給我保存一些體力啦！」

「喔、喔!?」

怎麼回事……瑪理娜瞬間變得好像姊姊耶？

我沒有害怕，但她散發出一種不容反抗的魄力，害我反射性點頭。

冷靜下來一想，瑪理娜說的確實沒錯，重點是她是因為擔心我才這麼說，感覺並不壞。

總之我決定魔物一多就從馬上跳下來，先騎到瑪理娜的馬上。

「……腰我還可以接受，要是敢碰我胸部，我就把你踹下去。」

「放心啦，我會踩穩，用不著抱妳。是說妳的尾巴不只看起來觸感好，摸起來也──」

「就叫你不要亂講話了！」

不知為何，她用三條尾巴打了好幾下我的臉。是無所謂啦，反正不太痛。

艾爾在旁邊看著我們，很開心的樣子，不過騎上馬後，他立刻板起臉孔，回頭對夥伴們說：

「我和我的朋友會在前方開路！麻煩各位跟上！」

「「喔喔喔喔——！」」

其他人吶喊著回應艾爾，我們帶著夥伴，再度衝進戰場。

之後，我們衝向在附近戰鬥的團體，一面偷襲魔物，一面前進。

「艾爾貝里歐閣下，那邊的隊伍快不行了！」

「看到了！從背後一口氣攻過去！」

「瞭解。拜託囉，瑪理娜！」

「小心別被摔下去！」

我和艾爾像一根長槍似的，在魔物群中開出道路，再由跟在後面的夥伴把路拓寬。

「撐不住的人先回城！還能戰鬥的跟上我和我的朋友！」

清掉魔物後，艾爾對存活下來的人大喊，趕去救下一個部隊。

魔物很多，不過幸好瑪理娜騎馬的技術很好，我幾乎不用下馬戰鬥。

「無、無禮之徒！」

「這個部隊的指揮官可是我！」

其中也有對艾爾有意見，因為自己是貴族，就想搶走指揮官之職的白痴，最後被艾爾的魄力嚇到說不出話，乖乖回城。

「這樣好嗎？艾爾貝里歐閣下，雖然他們那副德行，終究是戰力喔？」

「在這種狀況下把背後交給那樣的人保護，太危險了。而且我們現在的士氣及戰力已經足夠。」

「哈哈，確實。那麼接下來要往哪裡去？」

「艾爾！另一頭的人也被壓制住了！」

「走吧，哥哥！」

「好，大家跟上！」

「「「是！」」」

我們在戰場上持續奔波，一面召集同伴，成了人數超過七十的團體。

「差不多要看見中央的部隊了……」

「是不是那裡啊？」

我們終於抵達中央，這裡是魔物最多的地點，一開始就分配了許多戰力在這邊。所以這裡和其他地方不一樣，沒被魔物壓制住，我們似乎不需要突擊。

「看來沒有問題。好，先去跟右翼會合再——」

「艾爾，危險！」

艾爾對戰友下達指示時，突然有隻魔物飛向他。

我反射性用劍將其擊落，發現這隻魔物怪怪的。因為他不是想攻擊艾爾，只是飛過來而已。

「謝謝你，雷烏斯。牠到底是從哪……」

「!?哥哥，看那邊！」

瑪理娜指向我們剛才去看過的中央部隊。

該區域的戰況似乎十分激烈。魔物飛來飛去，外型跟剛才那隻飛向艾爾的一樣，仔細一看，不只魔物，連人也飛了起來。

「……搞什麼鬼!?」

有股……非常不祥的預感。

不僅如此，氣味也異常難聞，我實在沒辦法無視。

「艾爾！」

「嗯，走吧！」

艾爾點頭回應我的視線，呼喚同伴，準備突擊。

我則是跟瑪理娜說了一聲，跳下馬後，從正在與魔物交戰的士兵及冒險者頭上一躍而過……

「距離這麼近，別隨便進攻！離遠一點！」

「中級魔法也沒用!?有沒有人會用上級魔法！」

「幫我爭取時間念咒——嗚啊啊啊!?」

超過百名的戰士，面對一隻魔物陷入苦戰。

「……怎麼回事？」

一百個人還打不倒，能確定那隻魔物確實很強。不過，不只是強而已。

在那裡的是……讓人懷疑牠是否真的是生物的魔物。

「雷烏斯！別靠太——唔!?」

「那、那是什麼呀!?」

晚來一步的艾爾和瑪理娜，目睹魔物也嚇了一跳。

不只是跟大哥一起見識過各種魔物的我，他們倆好像也從來沒看過這隻魔物，想必不是這附近的。

牠有六隻手、四隻腳，加上兩條尾巴和一顆頭，是隻會讓人納悶牠為何變成這種構造的魔物。

這樣子的怪物，六隻手臂各持一根圓木揮動著，在戰場上肆虐。

在我煩惱該如何進攻時，帕梅菈小姐的哥哥韋恩先生發現我們，跑了過來。

「艾爾貝里歐，你沒事嗎！噢……瑪理娜和雷烏斯，你們怎麼會在這？」

「韋恩先生也沒事啊。他們倆是來幫忙的，對了，那到底是？」

「我也不太清楚，聽說是和其他魔物一起出現的，就只會拚命攻擊。」

韋恩先生解決掉右翼的魔物後，和我們一樣跑去幫其他人。來到中央時，發現這隻怪物正在大肆破壞，他便趕來支援……

「如你所見，牠持續亂揮跟歐克一樣粗的手臂，我方無法接近，正在傷腦筋呢。被箭射中依然毫無反應，施放中級魔法攻擊也沒用。」

「上級魔法呢？這裡應該有人會用吧？」

「那傢伙彷彿不知道什麼叫累，一直發動攻擊，會用上級魔法的人咒文念到一半就被打斷。幸好沒有生命危險，現在退到後方休息了。」

「攻擊速度也比歐克快啊。如果只有一把武器，大概勉強擋得住，六把實在有點……」

「而且不只我們，連照理說是同伴的魔物，牠都看到就打。真的搞不懂。」

看來剛剛朝艾爾飛過來的那隻魔物，就是這傢伙打飛的。

「該慶幸的是牠只顧著打倒附近的敵人，所以離羅馬尼歐還有一段距離……」

「嗯，不能放著這樣的魔物不管，得想辦法在這裡解決掉牠！」

對啊，要是牠跑進城裡就完了。

因此，周圍的人有的用土魔法做出牆壁，有的在挖地洞讓牠掉進去，可惜牆壁會被圓木擊碎，掉進洞裡牠也爬得出來。

「我們目前是讓留在四周的魔物當誘餌，避免接近牠已減少損害，不過有點無計可施了。」

「即便如此，還是不能讓牠跑進城……雷烏斯？」

在他們討論的期間，我持續觀察眼前的怪物。

首先，這是艾爾提到歐克讓我發現的，那隻魔物……上半身是不是跟歐克一模一樣？

而且六隻手也全是歐克的手，腳是馬型魔物的腳，尾巴感覺像把蛇型魔物的尾巴硬接上去。

我就想說好像在哪看過，這些全是我來救艾爾時殺過的魔物耶。

「我不太想講這種話，可是……好不堪的外觀。硬把其他魔物湊在一起，看起來有點可憐。」

瑪理娜說得沒錯，把魔物硬湊在一起做成的魔物……這樣形容最貼切。那傢伙散發出的氣味雖然混著一堆魔物，原型的氣味倒是隱約聞得到一些。

更讓我在意的是怪物的動作。

看牠毫不費力就把其他魔物揍飛，可以知道牠的力氣非常驚人，不過動作明顯不正常。

手腕明明在噴血，牠卻像沒有痛覺似地揮動圓木……不，是本來就不會痛嗎？更重要的是雙眼黯淡無神，毫無生氣。簡直像一具會動的屍體。

不行……換成大哥，八成能做出更詳細的推測，但以我的觀察力，這樣就是極限。

「雖然是個莫名其妙的敵人……砍下去就對了！」

「雷烏斯!?」

牠的動作是很快沒錯，但我勉強看得見。之後只能直接打一場，確認看看了。

我無視艾爾的制止，在其他冒險者的注目下，衝到怪物面前揮下大劍。

「喝啊啊啊啊啊──！」

怪物手中的圓木看起來很堅固，我的劍卻輕而易舉砍斷了它。

可是怪物毫不在意地揮下手，因此武器只是從圓木換成手臂。而且剩下幾隻手也同時揮過來，我只好先用力往後跳一大步，拉開距離。

會單獨行動的六隻手果然很難搞。

只要我有那個意思，也能同時使出六道「散破」，可是每一道攻擊力都不強，應該會被壓過去。

「也就是說，論一擊的威力是我占上風嗎……」

實際與牠衝突過後，我得知那隻怪物果然只是在憑蠻力亂揮圓木。

有那麼一點像剛破一刀流，不過那種既沒技術也沒氣勢的木頭或拳頭，照理說不難躲開。

我拿好劍，打算下一劍絕對要砍死牠時，怪物突然對著空中咆哮。

「怎、怎麼了!?」

「韋恩先生！周圍的魔物突然變強——唔!?」

「可惡，又變凶暴了！」

和北斗先生比起來，這聲咆哮沒什麼了不起，戰況卻在牠咆哮的同時產生變化。

四周的魔物也跟怪物一樣咆哮起來，如同飢餓的野獸開始大鬧。

「這場騷動的元凶果然是這傢伙！不過，到底怎麼回事？」

「可能是只有魔物聽得懂的某種訊息。總之目前可以確定，不打倒那傢伙，同樣的事會再度發生。」

意思是這隻怪物的咆哮聲，能讓聽見的魔物凶暴化嗎？

由於現在不是慎重進攻的時候，我再度衝向怪物，朝牠砍下去。

速度好快……不過，想想大哥和艾爾的動作。

用最小的力道讓敵人的攻擊偏移，不浪費一絲力氣。

「喝啊啊啊啊啊啊——！」

「那、那傢伙怎麼搞的!?他把怪物的攻擊全擋掉了！」

「雷烏斯……你究竟要成長到什麼地步？」

沒錯……這種攻擊根本不算什麼。

速度遠比我學會的萊奧爾爺爺的劍慢，也不像大哥那樣夾帶著假動作。

如果只是想讓直線揮下的圓木偏移，只消一點力氣就足夠。

我辛辛苦苦抵擋著六根圓木，然而……

「唔……明明……只差一點了。」

以我目前的能力，已經到了極限。

況且在抵擋攻擊的期間無暇換氣，導致我打到一半呼吸困難，只能拉開距離。

「呼……呼……再一次！」

我不太習慣這種戰法，比起單純的揮劍更累人耶。

再加上這隻怪物好像不會累，一直都是用全力攻擊，所以拖得越久對我越不利。

不過，快了。再一下……就能成功。

「還沒結束……還沒結束啊啊啊啊——！」

我要在身體動彈不得前，把這傢伙——

「我也來幫忙！」

「艾爾!?」

「雖然很不甘心，我現在大概沒辦法像你那樣應付牠的攻擊。但其中兩隻手我一定會擋住！相信我！」

不用你說，我也會相信！

突然插手反而會妨礙到我，所以艾爾才沒有立刻參戰，而是在一旁觀察吧？

「拜託你囉！」

「交給我吧！」

我和艾爾站在怪物的正面，韋恩先生則繞到怪物後方。

「你們也別發呆！趁那兩個人壓制住這傢伙的時候，趕快把附近的魔物清掉，支援他們！」

「「知、知道了！」」

他吶喊著對付變成怪物尾巴的蛇，提高在與魔物交戰的冒險者的士氣。

到處都在展開激戰，我抵擋著要是不小心被擊中當場喪命都不奇怪的攻擊，自然而然露出笑容。

「……真不可思議。對手明明不一樣，卻讓人想起師父的模擬戰。」

「你也這麼覺得嗎？不過跟大哥和北斗先生比起來，這傢伙超弱的！」

「是啊，所以有勝算！一口氣壓制住牠！」

「喔！」

我完全不看艾爾負責的那兩隻手臂，也不去注意。

託他的福，我稍微輕鬆了些，大劍終於砍中怪物，在牠的腰部畫出一道大傷口。

「很好，再一次！」

我趁勢追擊，接著砍飛一隻左臂。

這時，背後的韋恩先生在砍斷尾巴的同時，踩著怪物的背跳起來。

「瞄準頭部！你們兩個，配合我！」

「雷烏斯，趁現在！」

「喝啊啊啊啊啊啊——！」

艾爾讓攻擊偏移的瞬間，我將怪物的右臂盡數斬斷，韋恩先生則從背後砍下牠的頭。

即使是怪物，頭部被砍斷也不可能活得下來。

攻擊結束後，我們仍然維持警戒，沒有大意，怪物搖搖晃晃倒在地上。

「呼……成功了。」

「嗯，希望這起事件就這樣告一段落。好，把旁邊的魔物——」

確認怪物一動也不動後，艾爾和韋恩先生轉過身，準備去向大家回報戰果。就在這時……失去頭部的怪物突然站了起來。

或許是因為他們萬萬沒想到，怎麼看都已經沒命的怪物會再度爬起，艾爾和韋恩先生察覺異狀回過頭時，怪物已經舉起剩下的手臂。

然而……

「休想！」

只有我在怪物起身的同時飛奔而出。

隱約有股不好的預感，所以我始終沒有放鬆警戒，這個選擇是正確的。

我用盡全力刺出大劍，劍刃埋進怪物的胸口，舉起來的手臂無力地垂下，停止動作。

我是基於本能刺向胸口的，也許這裡就是牠的弱點。

雖然已經感覺不到生氣，但還不能大意。

我將刺著怪物的大劍，連同牠的身體一起舉起來，盡量扔到沒有人的地方後大喊：

「瑪理娜！燒了牠！」

「嗯、嗯！」

我不小心對她用吼的，瑪理娜卻乖乖用了火魔法。

其他人見狀，也跟著使出火魔法，怪物的身體轉眼間就被火焰包圍，燒得只剩一坨黑色塊狀物。

「……結束了嗎？」

「嗯……」

艾爾喃喃說道，我喘著氣調整呼吸，連點頭的力氣都快沒了。

這也是理所當然，畢竟我一直在戰鬥，要持續擋掉那隻怪物的攻擊又特別累，等於跟連續使用剛破一刀流的「散破」一樣。

假如我沒有坐瑪理娜的馬過來，保存體力，搞不好會在途中累到動彈不得。真的……得救了。

「呼……謝啦，雷烏斯。我太大意了。」

「又被你救了一命──雷烏斯？你怎麼了!?」

「什麼事……都沒有……」

四周的聲音聽起來好模糊。

這是……那個對吧。在跟大哥打模擬戰時體驗過好幾次的昏倒前的感覺。

我很想直接倒下，可是還不能睡。

要快點把魔物統統打倒……

「我得……去追大哥……」

「你都這個狀態了，還在說什麼蠢話呀！振作點！」

「哪裡受傷了嗎!?嘖，全身都是血，看不出來。先用水魔法把他的身體清乾淨！」

「喂，把會用治療魔法的人叫過來！快點！」

我沒事啦，只是因為太累，身體不聽使喚罷了。

我很想告訴大家，卻連說話的力氣都沒有，直接跪倒在地。

大哥……我立刻……就會追上你……

※　※　※　※　※

「……唔……啊？」

「!?雷烏斯，你醒了！」

「是瑪理娜……嗎？」

睜開眼睛時，我躺在陌生的床上。

天已經黑了，室內點著不會太刺眼的燈光。

我望向聲音來源，瑪理娜露出放心的笑容，看著我的臉。

「咦……我怎麼了？」

「你不記得嗎？你打倒那隻魔物後就昏過去了。」

我愣愣地坐起來，發現身上到處都纏著繃帶。

「魔物……喔，對喔。呃……之後怎麼樣了？」

「那隻魔物倒下後，其他魔物突然變得很安分，處理起來輕鬆許多。現在牠們全被打倒，羅馬尼歐已經安全了，所以你放心吧。」

雖然還搞不清楚狀況，聽見瑪理娜這麼說，我鬆了口氣。

之後我握了握拳，檢查身體狀態，沒有任何異狀，只是有點疲勞。

「水給你，有辦法自己喝嗎？」

「嗯，謝啦。」

瑪理娜遞給我一杯水，我接過它喝著，這時房門打開，艾爾走了進來。

「雷烏斯！」

「噢，艾爾。你沒事啊。」

「託你的福。我才要問你，身體還好嗎？」

「嗯，看起來沒問——咦？」

我……是不是有什麼必須做的事？

艾爾已經沒有危險了，所以我要回帕拉多——

「!?我昏迷了多久!?」

「半天而已。」

「這裡是帕梅菈家，我已經徵得她的許可，所以你可以好好休息。」

「哪有時間休息！艾爾，幫我安排船回帕拉多！我要去追大哥！」

我從床上跳下來，逼近艾爾。

半天……考慮到戰鬥時間和坐船的移動時間，這樣就跟大哥拉開一天以上的距離了。

我想在大哥的痕跡還留有一些時追上他，艾爾輕輕拍了下我的肩膀，試圖安撫我：

「抱歉。天色已暗，沒辦法開船。況且你不需要——」

「啊，雷烏斯，你醒啦。」

那就只能借小船或直接用跑的——在我如此心想時，熟悉的聲音傳來，害我反射性停止動作。

「真是。雖說是因為反抗了天狼星少爺，你未免太亂來了。」

「好了啦。可見雷烏斯受到多大的打擊。他只有身體疲勞而已，也沒留下後遺症，不是很好嗎？」

從房門後面出現的，是姊姊和莉絲姊。

咦……為什麼她們在這裡？

「呵呵，大家的英雄醒來啦？」

連菲亞姊都在!?

還有，為什麼叫我英雄……咦？現在是怎樣……

「雷烏斯，身體沒有大礙吧？」

……大哥。

「為什麼……？」

不知為何，他臉上有被打過的痕跡，脖子有疑似姊姊留下的齒痕，但這股氣味和溫柔的笑容……無疑是大哥。

「呃……有點累而已。大哥，你不是去菲亞姊的故鄉了嗎……」

「噢，關於那件事……」

聽見我的疑惑，大哥搔搔頭，一副難以啟齒的模樣……

「菲亞的故鄉被魔物襲擊……是騙人的。」

然後這麼說道。

我沒有立刻聽懂這句話的意思，愣在原地，不過知道是騙人的同時也有點放心。

「所以菲亞姊的故鄉沒事囉？」

「我的故鄉有一大片連魔物都會迷路的森林，很少遭遇襲擊。而且那裡離這邊很遠，就算是精靈，也很難知道那邊的狀況。」

「是……是喔。那大哥為什麼要那樣說？」

為什麼……要說那種像要對艾爾見死不救的話，為什麼不惜說謊，也要讓我違背銀月之誓？

「銀月之誓……可不是那麼隨便的東西啊，大哥！」

「我明白。但你不需要堅持遵守和我的誓言。我希望你學會在面對任何狀況時，都能冷靜做出最恰當的選擇。」

「你知不知道……你知不知道我是帶著什麼樣的心情違背誓言的！」

大哥不僅救了我和姊姊的性命，還是把我們扶養長大的恩人。

所以我甚至和姊姊一起在銀月下發誓，要為大哥而活……為什麼要做這種事！

叫我學會做出選擇……

「有必要拿艾爾的命去賭嗎！」

我下意識對大哥揮拳。

「嗚！」

大哥不但沒躲開，還被我的拳頭擊中臉，用力撞上身後的牆壁。

「……咦？」

「天狼星少爺!?」

咦……？

為什麼……為什麼不躲開？

若是平常的大哥，這種只靠蠻力揮出的拳頭，隨隨便便就能閃過……

「唔……沒事。跟你感覺到的痛比起來，算不了什麼。」

「對、對不起……我並非真的想……」

又不是在訓練，我竟然揍了大哥……

「唔……嘖！」

我無法接受這個事實，從窗戶跳出去逃走了。

「……唉。」

衝出房間後我才知道，我剛才睡的地方似乎是帕梅菈小姐的父親——羅馬尼歐城主住的房子。

我來到室外，忘我地在街上一陣狂奔後，坐在碼頭呆呆看著迪涅湖。

「……爛透了。」

不僅違背誓言，還不小心揍了大哥。

姊姊……一定很生氣。不，更重要的是我無法原諒自己。

因為我在訓練之外的場合，揍了比任何人都還要照顧我的大哥。

可是……大哥也很過分啊。

雖說是為我好，他明知艾爾有危險，沒必要在那種狀況下說謊吧？

一開始就命令我去幫艾爾，就不會變成這樣了，還害拚命拜託我們的瑪理娜難過，無法原諒。

而且幹麼要把我逼成那樣，趕快把我跟北斗先生送過去不就得了？

「但是……這些都是為我好吧……」

大哥不可能無緣無故做那種事，對我而言，那一定是必須的。

早知道至少聽他解釋一下再抱怨……我卻忍不住出手。

暫時沒臉見大哥了。

「唉……我居然不小心揍了大哥。」

「……是為了我對不對？」

「艾爾？」

在我煩惱不已之際，艾爾走了過來。

雖說是因為他沒散發殺氣，但我竟然現在才察覺到艾爾的氣息……真沒用。

我不禁苦笑，艾爾看著迪涅湖，坐到我旁邊。

「你剛才說沒必要拿我的命去賭……揍了師父。如果不是我太自我感覺良好，你是為了我才這麼做的吧？」

「……嗯。我想說『難道你一點都不在乎艾爾的死活嗎』，手自動就……」

「謝謝你。師父確實很過分，換成是我，說不定也會動手。不過，你有點誤會了。」

艾爾望向曾經是戰場的方向，笑著說：

「這是你昏迷的時候我聽說的，師父一直在關心我們。」

「……什麼意思？」

「我們和魔物戰鬥期間，師父好像在不遠處的高地觀戰。從戰場上離開的北斗先生也在。」

「……………」

「還有，與我們共同作戰的士兵跟冒險者回報，有好幾個人因為魔物頭部突然爆裂而撿回一命。雖然無法確認真相，我推測這是師父做的。」

嗯，也只有大哥做得到吧。因為用魔法射死遠方的敵人，是大哥的拿手好戲。

也就是說，大哥一下就解決了襲擊帕拉多的魔物，之後還一直守著我們。

我卻對大哥……

「可惡，沒臉見大哥了。」

「或許只能當成一時的安慰，不過師父完全沒生氣，你大可放心。」

「誰放心得了啊！可是……我不懂耶。大哥為什麼沒躲開？」

「這個問題，你該直接去問本人。欸，雷烏斯，我知道在這種狀況下提這種事很失禮，但我有話想對你說。」

艾爾看起來有點愧疚，我默默點頭，仔細聆聽。

「倘若你覺得愧對於師父……要不要選擇留在這？只要你願意，不覺得跟瑪理娜在一起，成為我們的家人，一起守護這座城市也不錯嗎？」

瑪理娜的部分我聽不太懂，不過我瞬間想像了一下跟艾爾一起保衛城鎮的模樣。好像……也不錯。

但我仍然……

「……抱歉，我……要跟隨大哥。」

「這樣啊，果然白問了。可是我非得問過你才肯放棄，抱歉。」

「不需要道歉。雖然做錯一堆事，但我還是想成為能保護大哥的男人。只有這個信念……絕對不會改變。」

「哈哈，這樣才像你。」

艾爾滿意地笑著，站起來轉過身，回頭看著我說：

「我會告訴大家你沒事了。還有，你才剛醒來，最好在身體累垮前回去。」

「……嗯。」

他留下這句話，便頭也不回地走掉。

我又看了一眼迪涅湖，拍拍臉頰為自己打氣。

「……在這邊沮喪也沒用。反正要做的事不會改變，快回去道歉，請大哥原諒我吧。」

再想下去沒完沒了，而且我也餓了。

我摸著發出巨響的肚子站起來，忽然聞到很香的味道，回頭一看……

「……要吃嗎？」

「大哥……」

大哥拿著便當盒站在那裡。

── 天狼星 ──

揍了我一拳後，雷烏斯無法忍受罪惡感，飛奔而出。

我很想立刻追上去，但現在最好隔段時間再去找他談。

他肚子八成也餓了，我打算做個簡單的便當再去找他，便請大家把這件事交給我處理，只有艾爾貝里歐對此有意見。

『師父，可不可以讓我去安撫雷烏斯？我還有些私事想對他說。』

也對，這種時候交給朋友艾爾貝里歐才是最適合的。

因此我決定先派艾爾貝里歐出馬，之後再帶著裝滿三明治的便當追向雷烏斯。

等我找到他們時，那兩個人已經說完話，從表情判斷，雷烏斯似乎冷靜多了。

艾爾貝里歐點頭對我表示「之後麻煩你了」。我目送他離開後，拿著便當走過去，儘管有些僵硬，雷烏斯還是對我露出笑容。

「……大哥的料理果然很好吃。」

「是嗎?盡量吃,不用留給我。」

我們並肩坐在碼頭,雷烏斯彷彿要補充失去的體力,拚命將三明治塞進口中,我就這樣看著他。

他從中午以後就什麼都沒吃,對現在的他來說,這點量應該不夠吧。之後得幫他多做一些。

「來,喝水。」

「嗯,謝謝。」

我準備了三人份,雷烏斯轉眼就吃得精光。

最後,他喝下我遞給他的水,面向我緩緩低下頭。

「大哥……對不起,剛剛揍了你。」

「不需要道歉,這是我應得的報應。」

之前雷烏斯害怕會變身的自己,離家出走時,為了警惕說謊的自己,他並沒有治療被我揍的傷。

所以我也……

「我騙了你是事實。這個傷我會等它自然痊癒。」

「那,臉上和脖子上的瘀血……」

「嗯,艾米莉亞跟莉絲做的。」

這是雷烏斯違背誓言離開後，得知真相的艾米莉亞和莉絲送我的禮物。

『雖然我明白您的苦衷，但不只雷烏斯，您還連我們都騙了……必須接受懲罰！』

『就是說呀！我們是真的很擔心耶！』

艾米莉亞邊說邊往我的脖子咬下去，莉絲則賞了我一巴掌。但我總覺得艾米莉亞只是想跟我撒嬌。

兩者都不太痛，卻深深傳達到了我心中。

除此之外，由於我事前向菲亞說明過，請她配合我，她也一起受到艾米莉亞和莉絲的處罰。

懲罰是暫時不准喝酒，她深深嘆了口氣。

「欸，大哥，為什麼要做這種事？」

「我不是說明過了嗎？為了讓你不被誓言束縛，能做出最適當的判斷。」

「……再解釋得更清楚一點嘛。」

比起口頭說明，我更想讓他親身體驗，不過這種時候應該要回答比較好。

「瑪理娜前來通知我們艾爾貝里歐身陷險境時，你表示要去救他。縱然是因為菲亞的故鄉也有危險，但當我宣稱艾爾貝里歐不會有事時……你記得自己說了什麼嗎？」

「大哥說得沒錯，艾爾不會有問題的……」

「問題就出在這。即便是因為信任我，也不能輕易被他人影響。」

我也會犯錯，也會像這次一樣，選擇雷烏斯無法接受的答案。

所以我希望他不要被我牽著鼻子走，憑藉自己的意志做出抉擇。

「至於另一點，我剛才也說了，我想讓你學會在任何狀況下都能冷靜思考。」

這次的事件，我判斷不能對艾爾貝里歐見死不救。

因為他和雷烏斯不同，只受過半個月的訓練，再加上有人暗中算計他。

「去救艾爾貝里歐並沒有錯。但當下你應該有更好的選擇，用不著違背銀月之誓。」

假如菲亞的故鄉真的遭遇襲擊，讓我和菲亞趕去，艾米莉亞跟莉絲留守在帕拉多，雷烏斯和瑪理娜則去羅馬尼歐救人即可。

因為擁有遠距離聯絡手段的我跟菲亞能夠在空中移動，留下來的三人則可以乘坐北斗拉的馬車。

倘若他能瞬間下達判斷並提出建議就滿分了，但果然不能強求。

畢竟事關朋友的性命。

要不可能沉得住氣的雷烏斯意識到這點，目前還太強人所難，但我認為這種事與其用口頭說，最好讓他透過實際體驗學習。

簡而言之……就是想讓他經驗面對究極的選擇，能否冷靜判斷狀況，毫不猶豫選出最恰當的選項。

然而……我自己倒是犯了個錯。

「只要活在世上，就會有被迫做出艱難選擇的時候。然而我這次等同踐踏了你的誓言與驕傲。我因為私人因素欺騙了你……真的很抱歉。」

「……沒關係啦。因為我知道想跟大哥並肩戰鬥，除了劍術以外還缺少很多東西。欸……大哥，我還可以繼續當你的弟子嗎？」

「只要你不主動開口，我沒打算把你逐出師門。」

「這樣啊。那大哥，以後也請你多多指教。」

他大可更生氣，雷烏斯卻露出神清氣爽的笑容低下頭。

這傢伙外表明明已經是個成熟的大人，卻像個還需要人家照顧的小孩子。

但這種反差也是雷烏斯的個性，真的是很有鍛鍊價值的徒弟。

「你聽了可能會覺得心情很複雜，不過不惜違背誓言也要去救朋友的態度，讓我感到很驕傲。」

「嘿嘿……等等八成會被姊姊罵得要死就是。」

先不論我的企圖，對艾爾貝里歐伸出援手……去拯救朋友這點絕對沒錯。因為不珍惜朋友的人不會是好東西。

當時如果雷烏斯真的想拋下艾爾貝里歐，我會狠狠揍飛他，看來是白擔心了。代價是我的臉頰跟脖子受到一點懲罰，不過結果著實令人滿意。

「仔細想想，我還是第一次被你揍臉。那一拳很有力喔。」

「因為這種事被稱讚，我才開心不起來咧。可惡……總有一天我絕對要在模擬戰上，像那樣打中大哥。」

「哈哈哈，我會期待的。」

嗯，你一定辦得到。

我胸懷期許，和雷烏斯相視而笑。

※　※　※　※　※

時間往回推前一些。

雷烏斯宣布要違背銀月之誓，和瑪理娜一同離開後……我嘆出一大口氣。

因為等等他知道我騙了他，搞不好會揍我，還可能受到艾爾貝里歐的邀請，選擇留在這裡，離開我身邊。

即使如此，為了鍛鍊雷烏斯的自主性，我仍然說了謊。

「真不想對率直的那傢伙說謊。」

「天狼星少爺？」

「難道菲亞小姐的故鄉……」

「嗯，其實──」

我向艾米莉亞跟莉絲坦承了真相。

菲亞的故鄉並沒有遭到襲擊。我是故意讓會受我的判斷影響的雷烏斯，做出艱難的選擇。

這全是我自以為為他好，明明什麼都不用想、乖乖照我的意思行動，對雷烏斯來說或許更幸福。

但他說過，想變得能和我並肩作戰，在背後保護我。

也就是想成為我的戰友，既然如此，情況就不一樣了。

我認同雷烏斯的實力，但他精神方面的經驗仍不足夠。

我不想把背後交給只會空等我下命令，還會輕易被我一言一行影響的人保護。

因此這次的謊言算是為了測試雷烏斯，結果他不惜違背誓言，也沒有選擇對朋友見死不救。

儘管還有許多不足之處，只要他能像這樣繼續成長下去，有朝一日……

等我解釋完菲亞也是共犯，艾米莉亞和莉絲便笑著走過來。

「雖然我明白您的苦衷，但不只雷烏斯，您還連我們都騙了……必須接受懲罰！」

「就是說呀！我們是真的很擔心耶！」

「抱歉——嗚!?痛痛痛痛!?」

「嗯，去檢查一下裝備好了……」

「菲亞小姐？別想逃。我咬！」

「菲亞小姐也有罪！」

「啊、啊哈哈……請兩位手下留情。」

做為欺騙大家的懲罰，莉絲賞了我一巴掌，艾米莉亞則咬了我的脖子。跟雷烏斯的痛苦比起來，這算不上什麼，因此我心甘情願地受罰。

至於和我串通的菲亞，今天開始要禁酒兩天。

「唉……好吧，騙了雷烏斯，這也是應該的。偶爾禁個酒或許也不錯。」

「……抱歉。」

「不必道歉啦。我是聽了你的計畫，覺得有道理才配合你的，是我自己的錯。」

真是，妳都這麼說了，我還能講什麼呢。

「菲亞小姐的故鄉沒事的話，代表我們要去處理帕拉多的魔物囉？」

「是這樣沒錯。不過在那之前……北斗！」

「嗷！」

「想請你幫忙把雷烏斯和瑪理娜送到艾爾貝里歐身邊，然後暗中保護他們。」

我想這起事件同時也會是給雷烏斯的試煉，因此我拜託牠除非有必要，否則盡量別打倒魔物。

「嗷！」

北斗彷彿在說「交給我吧」般叫了一聲，像一陣風似的從我們面前離開。

這樣雷烏斯那邊大概就沒問題了，可是永遠沒人知道團體戰會發生什麼意外。

「趕快把這裡的魔物清掉，去看看羅馬尼歐的戰況吧。」

「結果天狼星前輩還是會擔心雷烏斯嘛？」

「不行嗎？」

「沒有呀。很符合你的個性。」

莉絲露出溫暖的微笑。沒辦法，我就是會擔心。

至於艾米莉亞……

「天昂星校爺……」

她還在咬我脖子。

眼泛水光、臉泛紅潮，緊緊抱住我的這個狀態，跟與我同床共枕時一樣。

「欸……這孩子是不是發情了？」

「對銀狼族來說，咬脖子或肩膀是愛情的證明。我想不會有錯。」

「好了啦，艾米莉亞，妳已經咬夠了，該放開囉。」

「啊嗚。再、再一下……」

由於艾米莉亞死都不肯放手，莉絲硬把她從我身上扒開，艾米莉亞卻依然處於興奮狀態。

我摸摸她的頭安撫她，切換思緒。

「好了，我們現在要去跟帕拉多的討伐隊會合，不過……」

根據事前聽說的情報，魔物的戰力似乎略高於帕拉多的討伐隊。

只要用上魔法跟陷阱，應該不難取勝，但可能會出現不少傷亡。

然而，如果由遲早會離開的我們出馬殲滅魔物，會降低整個城鎮的危機意識，況且要是被人知道是我們做的會很麻煩。

因此……

「我想在魔物和討伐隊正面衝突前，先減少一些數量。我從那座山丘狙擊魔物，你們三個去和討伐隊——」

「啊，等一下。要減少數量的話，可以交給我嗎？」

「是可以，不過不能讓魔物全滅喔？」

「嗯，我有個威力恰到好處的魔法。」

菲亞眨了下眼，信心十足地回答，我看就交給她吧。

於是，我叫艾米莉亞和莉絲去和討伐隊會合，與菲亞一同移動到能環視戰場的山丘上。

即將成為戰場的，是沒有巨大障礙物的遼闊平原。

帕拉多的討伐隊在其中一隅布好陣，準備迎擊，往另一側遠遠看過去，就能看見一大群逼近帕拉多的魔物。

推測魔物經過平原中央時，討伐隊就會使用魔法攻擊，為戰鬥揭開序幕。

「數量比聽說的還多。菲亞，沒問題嗎？」

「交給我吧。讓你見識風精靈的力量。」

菲亞開始集中魔力，緩緩展開雙臂，閉上眼唱起歌來。

這不是在念咒，而是她特有的施法方式。之前她跟我說明過……

『風精靈喜歡我的歌聲。所以只要唱歌，他們就會比平常更有幹勁。』

也就是說，使用大規模精靈魔法時，她會先唱歌。

美麗的歌聲響徹四周，我用「探查」調查魔力流向，發現從菲亞身上溢出的魔力往平原中央集中。

我看不見精靈，不過凝聚大量魔力的平原給我一股異樣感，那裡八成有大量的風精靈。

過沒多久，菲亞的歌唱完了……平原卻沒有變化。

「魔法沒發動？」

「跟你用『衝擊』時的那個……是叫『遙控』嗎？跟那個效果一樣，只要拜託精靈，就能在任意時間發動。之後再算準魔物來的時機……」

菲亞的魔力在平原中心盤旋，只有感應力優秀的人才察覺得到吧。

她在魔物踏入中心的瞬間，舉起一隻手……

「大家，是時候大鬧一場囉。盡情陪那些魔物玩玩吧！」

菲亞揮下手的同時，平原中心出現巨大的龍捲風。

那道龍捲風不會移動，相對地範圍極廣，接近三成魔物都直接被捲進去，無法抵抗。

若菲亞沒有出手，我本來想用「反器材射擊」的連射收拾掉牠們，看來不需要了。

「雖說是魔物，真令人同情。那一招根本不可能閃得掉。」

龍捲風彷彿要扯斷被捲入其中的魔物的四肢，劇烈旋轉，威力強大到地面被鑽出一個洞。

可惜，我拿起親手製作的望遠鏡確認，對歐克那種又重又耐打的魔物似乎沒什麼效果。

龍捲風消失後，牠們可能會在戰場上肆虐，所以……

「殺掉幾隻好了……」

不然這樣下去，我會不知道自己待在這裡有何意義。

我使用想像狙擊槍發明出的魔法「狙擊」，優先清除被捲入龍捲風裡的大型魔物。

預測風向，一邊修正彈著點的誤差，一邊持續射擊、減少魔物數量，這時討伐隊射出各式各樣的魔法，襲向龍捲風範圍外的魔物。

幸好他們沒有被突然出現的龍捲風嚇到，呆呆站在那裡等魔物接近。

「風差不多要消失囉，我看清掉這些數量也足夠了。」

菲亞的龍捲風把一堆魔物吹飛，我的狙擊也解決掉將近一半大型魔物。

戰力差距如此懸殊，戰況肯定會倒向討伐隊那一邊。

然而……我一直感覺到的這股異樣感是？

「那麼就回去找艾米莉亞她們吧？這次得在大家看得見的地方大顯身手，而不是偷偷來。」

「…………」

「天狼星？欸，你怎麼了？」

「菲亞，妳先回去。有件事我覺得不太對勁。」

「……是可以，不過有沒有什麼我能幫上忙的地方？」

看我面色凝重，菲亞連理由都沒問就如此回答。

也對，能獨自在天上飛翔的菲亞應該跟得上我，請她幫忙好了。

「那可以陪我來一趟嗎？我打算從後方殺進那個集團的中央。」

「好呀。要我帶你過去？」

「麻煩妳了。有件事我想專心調查一下。」

「呵呵，交給我吧！雖然在這種情況下講這種話不太恰當，能幫上你的忙我很高興。」

看見面帶苦笑，卻顯得有點開心的菲亞，我的緊張稍微緩解了一些。

我們靠菲亞的魔法浮上空中，繞到魔物群後方。

我們拉開距離繞了一大圈，以免被討伐隊的人和魔物發現，在抵達魔物群後方時發動「探查」。

移動只要交給菲亞負責就好，所以我可以專心執行「探查」。

「……果然有奇怪的反應。」

「那就是你剛才說的不對勁的事？」

「嗯。有個明顯不同的反應混在魔物裡面，只不過因為魔物太密集的緣故，不容易發現。」

無論是什麼樣的魔物，都是一個活著的生命體，擁有獨自的魔力。

然而在密集的魔力中，我感覺到明顯有個類似不純物的存在。

我在足夠接近時來到地面，豎耳傾聽遠方的聲音，聽見魔物的前鋒部隊與討伐隊交戰的聲音。

看來不用多久，討伐隊就會跟那個反應接觸。

「這裡離目標很近。我跑過去突擊，菲亞就……」

「讓魔物無法靠近你就行了吧？」

「嗯，拜託了。」

我和可靠的菲亞一起奔向前方，衝進一大群魔物中。

從敵方陣營後面偷襲，對人類雖然有效，面對遵循本能生存的魔物卻沒有太大的意義。

因此在我突擊的同時，周圍的魔物就反射性殺過來，多虧有菲亞用風魔法幫我將牠們全數吹散。

「沒空陪你們玩，閃一邊去！」

「不愧是菲亞！」

「呵呵，我也跟大家一起受過訓練嘛！」

飄在空中與我並肩而行的菲亞負責側面及後面，我則用「衝擊」轟飛前方的魔物，正面突破。

目標在我使用幾次魔法時出現了，是隻難以形容的詭異魔物。

「這是……什麼東西呀？」

本來只有兩隻手臂的歐克的上半身，變成有六隻手臂，下半身是馬型魔物，再加上蛇型魔物尾巴的……魔物。

彷彿從周圍這些魔物身上各取一些部位，用針線縫合在一起的模樣，有如上輩子的故事書裡會出現的那種怪物。

「好噁心的魔物，身體也好不平衡……」

「噁心的似乎不只外表。」

用不著碰觸牠發動「掃描」，憑「探查」的魔力反應就知道了。

那些部位無一不是取自其他魔物，血液卻完全沒在流動。

胸口畫著一幅大魔法陣，從該處延伸出的魔力在對各部位下達命令，控制其行動。換言之，這隻魔物已經死透了，是只會聽從命令的存在，類似巨石兵。

巨石兵是透過魔法陣，以岩石或沙子為媒介製成，那隻怪物則是以肉塊為媒介打造的有血有肉的人偶。

並非自然誕生的魔物，而是經由某人之手製造出來，就稱牠為合成魔獸（奇美拉）吧。

簡直像慘無人道的人體實驗受害者，使我想起前世痛苦的回憶。

「魔物以那隻魔物為中心聚集，所以這群魔物的起因是牠囉？總之得快點打倒——天狼星，怎麼了嗎？」

「不，沒事。看來最好盡快解決掉牠。」

「對呀……呃，糟糕。風啊，拜託了！」

合成魔獸（奇美拉）大聲咆哮，周圍的魔物瞬間變得更有活力。看來菲亞說得沒錯，這場騷動的原因肯定是這傢伙。

剛才菲亞還能分心看其他地方，現在卻必須專心使用魔法，否則會被周圍的魔物壓制住。

「撐不了太久喔！」

「嗯，我馬上搞定！」

儘管想再多觀察一下，戰況卻沒那麼樂觀。

我將四周的魔物交給菲亞處理，衝向合成魔獸（奇美拉）。

合成魔獸（奇美拉）的手臂來自歐克，但那只是單純的肉塊，八成完全感覺不到疲勞或疼痛。

想穿過無數隻全力揮下、試圖打倒接近自己的存在的手臂，或許並不簡單，但如果是不會思考的機械般的動作，總會有辦法破解。

「真單純。」

我在衝到牠懷中的前一刻一口氣減速，做出假動作，結果牠一下就上當了，好騙到令人驚訝。

六隻手臂都在我撲上去前揮下，我趁這個空檔拉近距離，雙手對著魔法陣，也就是合成魔獸（奇美拉）的核心……

「結束了……」

雙手同時發射全力的「霰彈槍」，將合成魔獸（奇美拉）的胸口連同魔法陣一起轟爛。

魔法陣被射穿的合成魔獸（奇美拉）失去魔力反應，我看趕快帶著菲亞離——

「誰！」

這個瞬間……我感覺到明顯與魔物不同的異常魔力和殺氣，反射性朝遠方高地發射「麥格農」。

「!?」

在那裡的……是人嗎？

由於我和對方隔著一段距離，又是反射性發動攻擊，準心有點偏移，似乎打中了對方的手臂。

「……」

本想再補一槍，對方卻自言自語了一句話後就消失了。

我用「探查」追蹤他的反應……但他的動作異常迅速，還逃進森林裡，無法從遠距離狙擊。

如果他飛到天上，倒還能把他射下來……以我這邊的狀況，最好放棄追擊。

「欽天狼星！我可能……快不行了！」

這段期間，菲亞差點被魔物壓制住。

菲亞擅長以魔法清理大群魔物，卻不太會使用需要控制威力、以免波及周遭的魔法，導致她消耗得比平常還要厲害。

我一把將接近魔力枯竭狀態而氣喘吁吁的菲亞抱起，閃掉魔物，奔向討伐隊的陣地。

「呼……魔力差點見底。」

「抱歉，這麼勉強妳。妳幫了我很大的忙。」

「不客氣。所以我們現在要去哪？」

「把妳交給艾米莉亞和莉絲後，我要去看看雷烏斯。搞不好那邊也有剛才那隻魔物。」

我不認為雷烏斯會輸給牠，不過保險一點總是比較好。

更重要的是，那個神祕的存在令人在意。

方才驚鴻一瞥的身影是人類，從特徵來看，是名成年女性。

說不定是羅馬尼歐貴族洗腦與艾爾貝里歐為敵的神祕女子。

那個女人的魔力反應和魔法陣有點相似，我推測合成魔獸(奇美拉)就是她製造出來的。

她還特地現身於有魔獸在的戰場，肯定是在觀察自己的作品。瘋狂科學家類型的傢伙常幹這種事。

被她逃掉雖然是個大失誤，她想必已經知道自己不能繼續留在這行動了。

「竟然搞出這麼大的風波。下次見面絕對不讓妳逃掉。」

「歡迎回來，天狼星少爺，菲亞小姐。」

之後我們穿梭於跟魔物交戰的討伐隊之間，回到陣地，和準備好代替前鋒上戰場的艾米莉亞會合。

莉絲在附近治療傷患，見我抱著菲亞回來，大吃一驚。

「菲亞小姐!?妳受傷了嗎？」

「我沒事，只是消耗掉太多魔力。」

「太好了。天狼星前輩……看起來沒事對吧？」

「嗯。不好意思，我要去看看雷烏斯，暫時離開一下。至於剛才發生什麼事，麻煩詢問菲亞。」

我將菲亞放到墊子上，正準備離開，艾米莉亞擋在我面前遞出杯子。

「嗯？怎麼了？」

「天狼星少爺，請您至少先補充一些水分再過去。」

「……對喔。謝謝妳，艾米莉亞。」

經她這麼一說我才想到，我一直在四處奔波，消耗了大量水分。雖說目前身體還撐得住，但萬萬不可大意。

我摸了下艾米莉亞的頭，接過水杯緩緩喝光，將杯子還給她。

「那我走了。」

「是，路上小心。」

「雷烏斯他們就交給你囉。」

「慢走。」

艾米莉亞搖著尾巴，漂亮地對我行了一禮，菲亞和莉絲坐在地上，笑著目送我離開，我再度飛奔而出。

離開討伐隊陣地的我，跳向半空在空中移動，以免被其他人看見，一口氣穿過迪涅湖。

然後循著北斗的魔力抵達戰場，發現站在高地上俯瞰下方的北斗。

「呼……久等了，北斗。雷烏斯的狀況——」

「嗷！」

看北斗如此鎮定，雷烏斯他們應該沒有危險。

我站在北斗身旁，找到那兩個人時，艾爾貝里歐正組成一支臨時小隊，雷烏斯則和瑪理娜騎著同一匹馬，帶頭跑在前面。

「……看來他們幹得不錯嘛。」

「嗷！」

本以為不常騎馬的雷烏斯肯定會用跑的，幸好有瑪理娜輔助他。

而且隊伍最前端會和魔物直接衝突，是最危險的位置。

即使如此，瑪理娜依然努力載著雷烏斯，我自然而然揚起嘴角。不只雷烏斯，她也有所成長。真是遇見了一位優秀的女性。

觀戰期間，不時會瞥見快要被魔物壓制住的冒險者，我一面用「狙擊」支援，一面守望雷烏斯他們……結果如我所料，這邊也有那隻魔物。

「果然。可是那傢伙……」

和我打倒的合成魔獸（奇美拉）一模一樣的魔物，在羅馬尼歐的討伐隊中心肆虐。

但我感覺不到那女人的反應，這邊似乎只有合成魔獸（奇美拉）而已。

在我尋找那個女人的氣息時，雷烏斯他們開始與合成魔獸交戰。

就我看來，包含雷烏斯他們在內，沒人擁有強力的遠距離攻擊手段，因此戰況必然會以近身戰為主。

肉塊對從正面進攻的雷烏斯胡亂揮拳，雷烏斯活用我鍛鍊出的本領，以及耳濡目染下學到的艾爾貝里歐的技術，巧妙地擋開攻擊。

面對幾乎在同一時間揮出的六隻手臂，他能抵擋那麼久，著實令我驚訝。

「……我大概做不到吧。萊奧爾爺爺看了八成會很開心。」

雖然有點趨於下風，但在艾爾貝里歐與韋恩的協助下，雷烏斯成功打倒了合成魔獸。

戰鬥結束後，雷烏斯並沒有放鬆戒心，確實給予合成魔獸致命一擊，還把屍體也燒了，挑不出任何失誤。順帶一提，位於帕拉多的合成魔獸我也有請菲亞發現時要確實燒毀。

我一直維持在隨時可以使用「狙擊」的姿勢，確認雷烏斯體力透支，倒在地上後，才慢慢解除戰鬥狀態。

還有魔物沒清掉，不過交給討伐隊就行了吧。

就這樣，雷烏斯保護了朋友艾爾貝里歐。

我將弟子倒在地上的身影深深烙印在眼中，抬頭望向太陽逐漸西斜的天空，喃

喃說道：

「終於成長到這個地步了嗎……」

雖然精神方面的經驗仍有些不足，經過這起事件，雷烏斯又有了顯著的成長。

這樣下去，可以肯定他遲早能成為超越萊奧爾爺爺的戰士，甚至連我都能超越。

如果他知道真相後還願意跟隨我，今後也繼續用我的全力回應他吧。

「雷烏斯……期待能稱呼你為戰友的那一天。」

《兩個人在一起的幸福》

魔物來襲的數日後……

安葬完犧牲者，傷患也痊癒時……一場婚禮在羅馬尼歐的豪宅內舉行。

『那麼，現在開始舉行新郎艾爾貝里歐先生，以及新娘帕梅菈小姐的婚禮。』

司儀的聲音透過風魔法傳開，為兩人的婚禮揭開序幕。

這個世界的婚禮很簡單，不像上輩子一樣有那麼多流程，介紹完新郎新娘，對上帝發誓後就是餐會時間。

解釋起來是很簡略沒錯，但這可是用來向親朋好友報告的重要儀式。

講得現實一點，婚禮是種社交場合，所以貴族也能在婚禮上建立各種關係。

因此……

「初次見面，你就是羅馬尼歐的英雄對吧？」

「像你這樣的英雄，如果願意在我手下做事就太好了……」

「多少錢我都出，要不要到我這工作看看？」

雷烏斯在數天前的戰鬥中大顯身手，在羅馬尼歐被譽為英雄，導致一堆貴族圍在他身邊。

他在戰場上以一擋千，面對合成魔獸（奇美拉）依然毫不畏懼。許多與他一同作戰的士兵及冒險者都親眼目睹他的實力，被人喚作英雄也是理所當然。

「呃……抱歉，我不打算跟隨大哥以外的人。」

他穿著類似燕尾服的派對用服裝，接連被會場的貴族熱情挖角，不知所措地回應著。

雷烏斯不擅長對貴族畢恭畢敬，因此看上去挺頭痛的，但這也是一種經驗。

「他似乎很困擾。」

「對呀。不過那孩子也該學會應付這種場合了。」

「啊哈哈，今天就放過他吧。」

「對呀。難得的派對，得好好享受才行。」

在遠處守望雷烏斯的我們，其實也閒不下來。

因為我身邊站著換上禮服的艾米莉亞、莉絲及菲亞。

「不學會用視線壓制那種人，會很麻煩的。莉絲也該練習一下。」

艾米莉亞身上的黑色禮服，和柔順銀髮相互輝映的模樣十分美麗，吸引了一堆人的目光。

許多貴族跑來搭訕她，艾米莉亞一律直截了當地拒絕，或是用在艾琉席恩學園也展現過的魄力十足的笑容趕走他們。

看她技術如此熟練，自然有資格挑雷烏斯的毛病。

「因為那不是能靠蠻力解決的事情嘛。換成是我，可能會直接逃出會場。」

莉絲則穿著以藍色為基調的禮服，將長髮盤在腦後。

雖不至於美豔得足以傾倒眾生，不知為何就是會吸引住目光的氣質，讓好幾名貴族想上前攀談，最後都被艾米莉亞和我的魄力逼走。

「欽天狼星，這個非常好喝喔。要不要也來一杯？」

菲亞身上則是森林風的綠色禮服，毫不吝惜展現妖精特有的神祕美貌。

她的禁酒令解除了，久違的紅酒讓她臉頰微微泛紅，散發出性感氣息，搞不好比婚禮的主角新郎新娘更引人注目。

雖說妖精最大的特徵──那對長耳現在藏了起來，菲亞依舊讓人覺得是不同次元的存在，附近的貴族也不敢隨便跟她搭話。偶爾出現敢於開口的勇者前來，菲亞會抱住我的手臂，直接把人家甩掉。

「那我喝一杯好了。杯子在──噢，謝謝，艾米莉亞。」

我帶著如此吸睛的三位女性，自然會引來羨慕、嫉妒等各種視線，卻沒有半個人敢找碴。

看來我打倒帕拉多的合成魔獸（奇美拉）一事已經傳開了，他們知道與我敵對會有危險。

至於情報來源……其實是菲亞放出的。

我去找雷烏斯後，帕拉多的討伐隊發現合成魔獸（奇美拉）屍體，當時菲亞明白告知是我打倒的。

『這是事實吧？只有雷烏斯變有名太可憐了，你也該得到更多稱讚。』

之前在艾琉席恩學園，我因為太低調的關係給弟子添了麻煩，這次便決定接受她的好意。

儘管沒人目睹，在戰場上活躍的弟子們口口聲聲說是我打倒的，艾爾貝里歐也宣稱我是一手訓練他變強的師父，有能力擊敗合成魔獸（奇美拉）並不奇怪。

因此來挖角我的人並不比雷烏斯少，我要嘛斬釘截鐵地拒絕，要嘛拿出莉菲爾公主給我的斗篷，那些人就放棄了。

話說回來，這斗篷真的幫了我不少忙，當時我還覺得沒有必要呢。和莉菲爾公主重逢時，送她一份大禮和蛋糕答謝她好了。

其中也有怎麼趕都趕不走的貴族，在我準備靠魄力嚇走他時……

「師父，各位，你們在這啊。」

艾爾貝里歐和帕梅菈走到我們面前。

在場還有其他賓客，這名貴族膽子沒大到敢把主角晾在旁邊來挖角我，隨口扯了個理由就離開了。

順帶一提，與雷烏斯一同奮戰的艾爾貝里歐也有得到正當評價，如今似乎穩穩坐在羅馬尼歐下任城主的位置上。

是英雄的朋友，也擁有足夠的實力；加上在戰場上展露的指揮官才能，令戰友對他心存敬意，現在許多貴族都很看好他。

由於他要忙著接待賓客，我本來打算等他忙完再去打招呼，沒想到他會特地主動過來。

雖然落在我們身上的視線更多了，先祝賀他幾句吧。

「感謝招待。恭喜兩位結婚。」

「艾爾貝里歐先生，帕梅菈小姐，恭喜你們。」

「要幸福喔。」

「恭喜妳，帕梅菈。在場最幸福的人肯定是妳沒錯。」

「呵呵……謝謝大家。妳們的禮服也很好看唷。要不要現在幫妳們舉辦婚禮？」

帕梅菈一副只要她們點頭，真的會立刻主持婚禮的態度，使三人瞬間紅了臉，似乎並不排斥。

然而，這場婚禮的主角是艾爾貝里歐和帕梅菈兩人。

何況……

「不好意思，我遲早會正式與她們辦場婚禮，所以容我在此婉拒。屆時就換我們招待兩位。」

「哎呀！真令人期待。」

「我會祝福你們的！」

背後傳來的搖尾聲越來越激烈，三人抓著我袖子和手臂的力量也變強了，這時我發現有個人不見蹤影。

「對了，瑪理娜呢？」

「那孩子……正在做好心理準備。」

「明明不久前，她還只會依賴艾爾貝里歐先生……瑪理娜成長了呢。」

介紹新郎新娘時，由於是親戚，瑪理娜還站在兩人身旁，不知不覺就不見了。艾爾貝里歐和帕梅菈別有深意的話語，令我納悶地歪過頭，這時雷烏斯那邊有了新動靜。

企圖挖角他的人都走光了，這次換成想跟他結緣的女性貴族圍在旁邊，邀他共舞。

其中也有人純粹是喜歡雷烏斯，而非為了往自己身上貼金，所以雷烏斯似乎在猶豫要如何回應……

「雷烏斯大人，要不要和小女子跳支舞呢？」

「不！是跟我才對！」

「英雄大人，請您以結婚為前提與我交往！」

「呃，我──」

「雷烏斯。」

這句話音量小到會被其他女性的聲音蓋過，雷烏斯卻沒有漏聽，望向聲音來源。

「是瑪理娜嗎？」

她穿著有別於在艾爾貝里歐家看到的那套紅色禮服，笑著對雷烏斯伸出手。

「你……願意和我跳舞嗎？」

「好啊！」

雷烏斯毫不猶豫牽起她的手，走向舞池。

這時，兩人講起悄悄話，我透過嘴型得知他們的談話內容。

『喂……這樣好嗎？』

『沒關係啦。因為……不需要介意。』

最值得注意的，是瑪理娜沒有用幻影藏住三條尾巴，而是堂堂正正讓它顯露出來。

因此想找雷烏斯說話的女性無不後退一步，顯得不知所措，瑪理娜卻一點都不在意，和雷烏斯牽著手走上前。

「原來如此。心理準備是指這個啊。」

「是的。她發現害怕尾巴的人其實是自己，終於向前邁進了。都是多虧遇見了雷烏斯……和各位。」

「比起我們，主要是因為雷烏斯吧。啊，天狼星少爺，您看，他們好像要跳舞了。」

艾莉娜媽媽指導雷烏斯的隨從技能中，當然也包括舞技，因此雷烏斯多少會跳一些。

然而他已經太久沒跳，動作看起來有些生疏，幸好瑪理娜靈活地引導他，所以勉強上得了檯面。

兩人雖然不時會鬥嘴個幾句，還是開心地在舞池跳舞。

「對了……你身為瑪理娜的哥哥，沒有意見嗎？」

菲亞笑著凝視兩人，對艾爾貝里歐投以意味深長的目光……

「這個嘛，雷烏斯對女性沒什麼興趣，講話又太誠實，常常惹瑪理娜生氣。」

「我這個姊姊無法否定，好哀傷。」

「但那也是雷烏斯的長處。更重要的是……他是我的朋友。我和他一起鍛鍊、一起戰鬥，知道許多他的優點。如果對象是他，我很樂意獻上祝福。」

艾爾貝里歐高興地看著兩人跳舞。

蔚為話題的兩人跳了一會兒，發現賓客的視線都集中在他們身上。瑪理娜在雷烏斯耳邊說了什麼，兩人便一同移動到會場外無人的陽臺。

我邊喝酒邊看著感情和睦的兩人離去，這時菲亞走到我前面伸出手：

「這次換我們囉。天狼星，來跳舞吧。」

「是可以，不過妳會跳嗎？」

「那種派對用的舞不會，但只要學其他人的動作就行了吧？」

到底哪來的自信？

這種交際性質的舞蹈，上次跳是在艾琉席恩學園的畢業派對上。

我心想「總之先確認一下簡單的動作吧」，這時艾米莉亞與莉絲來到我面前，輕輕拎起裙襬行了一禮。

「天狼星少爺，拿我們當範本如何？」

「菲亞小姐感覺就是位天生的舞者，不過我應該還是能跳給她參考一下。」

「那我就恭敬不如從命，請兩位示範給我看囉。既然要跳，我想跳得更有模有樣一點。」

菲亞好像不在乎共舞的順序，對象是自己人就更不用說了。

因此，我牽起舞技最出色的艾米莉亞的手，走進舞池，向對方鞠躬。

然後牽起彼此的手，配合音樂翩翩起舞。

根據這個世界的常識，跳舞時要由男性領導女性。

艾米莉亞卻完美配合我的動作，因此我們共同譜出一支漂亮的舞，彷彿心靈相通。

「妳跳得比之前好很多。」

「呵呵呵……身為天狼星少爺的隨從，這是當然的。」

明明要在這種場合跳舞的機會非常少，艾米莉亞卻沒有疏於練習。我看著露出陶醉笑容的艾米莉亞，享受著這支舞。

和艾米莉亞跳完後，接著輪到莉絲。

上次她的舞步挺僵硬的，這次卻踩著讓人想像不到只是第二次跳舞的輕快步伐，我有點驚訝。

「我偶爾會和艾米莉亞一起練習。你覺得怎麼樣……？」

「嗯，跳得很好。再快一點跟得上嗎？」

「嗯，跟得上。讓你看看……我特訓的成果。」

莉絲變得比以前更加積極，魅力逐漸提升。

我已經從敵人手中救出過她兩次，但這孩子之後可能又會被人盯上，我再度於心中發誓，絕對要好好保護她。

「好——要跳囉！」

最後是舞技無法推測的菲亞。

她說看過艾米莉亞和莉絲的舞步後學會了一些，究竟如何呢？

「是這樣嗎？」

「……有點不同，我怎麼覺得加入了其他動作？」

「啊，果然。我養成習慣了，所以很難改掉。」

她似乎不小心在舞步中混入了故鄉的舞蹈。

但並不會不好看。

然而，由於兩種舞步參雜在一起，成了相當神祕的舞蹈，菲亞卻沒有一絲猶豫或怯場。

這支舞可以說很符合她好奇心旺盛的個性。

「雖然自己講這種話有點那個，虧你有辦法跟上。」

「速度不快，只是單純跟上動作的話倒還沒問題。」

「呵呵，就知道你會這麼說。要加快速度囉，你可以嗎？」

她露出挑釁的眼神，這句話是出於對我的信賴才說的吧。

身為男人，怎麼能不回應她呢？

「行。那我要使出真本事了。」

「呵呵，真可靠。要上囉！」

「沒問題！」

拜她所賜，這支舞變得非常狂野，不過不遵循既定形式，自由自在的菲亞才是最有魅力的。

為了不損及她的魅力，我不惜祭出並列思考，跟上她的動作。

老實說挺辛苦的，但能看見菲亞熱舞時的開心模樣，這點小事根本不值一提。

「好，動作我大致掌握住了。可以再快一點！」

「你真是太棒了！」

儘管與其他賓客相比顯得特別突兀，我和菲亞依然盡情享受著舞蹈。

就這樣，艾爾貝里歐和帕梅菈的婚禮圓滿落幕，留下「不小心比主角更引人注目」這個反省點。

兩天後……我們帶著這對新婚夫婦和瑪理娜，來到迪涅湖湖畔。

帕梅菈說這裡是不為人知的好景點，不太會有危險的魔物靠近，所以能捕獲豐富的漁產。

「哦……挺不錯的地方。」

「呵呵呵。其實只有我們家的人知道這裡，不過我不介意分享給各位。」

「真榮幸。那麼快點開始準備吧。」

北斗停下馬車，我們分頭把行李卸下，用石頭搭了個簡單的爐子。

「我來幫忙，我很會做菜唷。」

「師父，我也……」

「讓主客幫忙實在不太好，但我看你們也不喜歡無所事事，就麻煩你們到對面跟菲亞一起釣魚好了。」

新婚的兩人接過我帶來的釣竿，在菲亞的說明下開始釣魚。

明明只是坐在岸邊等魚上鉤，兩人肩膀卻靠在一起，十分幸福的樣子，看來可以暫時放著他們不管。

「那麼，火也生好了，來做菜吧。」

我們之所以來到這種地方露營，是為了幫剛結婚的兩人慶祝。

婚禮雖然已經辦完，那畢竟是用來向其他人報告之類的儀式，不免有些拘束。

況且這個世界沒有度蜜月的觀念。

因此我希望他們能享受悠哉的假期，才舉辦這個活動。

再加上……該做的事都已做完，也參加了艾爾貝里歐的婚禮。

我預計這幾天啟程離開，所以這也算是小小的送別會。

說這麼多，簡而言之就是做好吃的料理大家一起享用……之類的活動。

料理由我、艾米莉亞和莉絲負責，食材由北斗、雷烏斯、瑪理娜準備。菲亞的任務則是接待及保護兩位主客。

「這是要用來慶祝他們結婚的，來煮頓大餐吧。」

「喔！那我們要抓什麼東西才好？」

「我打算先弄個海鮮燉飯和用湖裡的魚貝類做的火鍋。剩下得看你們帶什麼食材回來。」

「今天的菜色有多豪華，全看你們的技術囉。」

「交給我！瑪理娜，我們走！」

「沒必要用跑的吧……啊啊討厭，不要那麼激動啦。」

「嗷！」

雷烏斯和瑪理娜拿著魚叉和網子走向湖邊，乘上小船。

至於北斗，牠豪邁地跳進湖中，似乎要直接去抓魚。捕魚的過程相當熱鬧，但他們都沒有忘記要到遠一點的地方，以免打擾艾爾貝里歐夫婦釣魚。

這段期間，我準備好烤肉用的網子，用大概有二十人份的鍋子熬昆布高湯，接著聽見停下小船，拿起魚叉的雷烏斯的說話聲。

『嗯……果然看不見湖底。沒辦法……』

『喂!?你幹麼啊！』

本以為他會直接用魚叉刺，雷烏斯卻突然脫掉上衣，跳進湖中。

由於我跟他說過比起魚類，更想要蝦子、螃蟹等甲殼類，他好像想直接潛進湖裡抓。

看到雷烏斯跳進湖裡，瑪理娜整個傻眼，表情卻帶了些寵溺，彷彿在說「真拿你沒辦法」。

「儘管只有上衣，在女性面前突然脫衣服實在不恰當。幸好瑪理娜明白他的個性，算是唯一的救贖吧。」

「正因為這樣，我才覺得瑪理娜不跟來很可惜。」

「對呀。還以為那孩子會願意跟著我們……」

辦完婚禮的隔天，我在跟大家討論何時要出發時，提到瑪理娜。

她已經不再依賴艾爾貝里歐，因此我考慮邀請她加入我們的旅程，結果雷烏斯早已問過了。

聽說瑪理娜煩惱了一陣子，最後明白表示要留在羅馬尼歐。

「我認為那孩子會成為雷烏斯的好伴侶……真遺憾。」

「這是她自己選擇的道路，我們必須尊重。」

她似乎不是因為不想離開哥哥，而是基於自己的考量選擇留下的。

『呼！瑪理娜，妳看！我抓到鉗子這麼大的傢伙！』

『唉唷！那對鉗子隨便就能把人類的手臂剪斷，小心一點啦。』

雷烏斯既天然，又不時會失控，我本來期待會多個有能力制住他的人才，實在可惜。

雷烏斯他們和北斗大顯身手，捕獲足夠的食材，接著就輪到我們烹飪組表現了。

我們將大魚切成適當大小，一些拿去用網子烤，一些則丟進鍋裡熬煮，同心協力做好一道道料理。

等到所有的菜色都準備完成、全員到齊時，派對才揭開序幕。

儘管不像婚禮那樣鋪張豪華，我們還是比較適合圍著這種樸素的料理，熱熱鬧鬧地吃飯。

「這就是海鮮燉飯嗎……魚貝類的鮮味滲進這個叫『米飯』的食材中，真美味。之後可不可以請你把做法告訴我？」

「當然可以。回去我就教妳怎麼做。」

「聽說想抓住男人的心，得先抓住他的胃。帕梅菈小姐，請加油。」

「帕梅菈小姐想必會在料理中灌注大量的愛情，應該一次就能抓住他的心。」

「哎呀！意思是艾米莉亞小姐和莉絲小姐，就是用料理抓住天狼星先生的心囉？」

「呃……」

帕梅菈尊敬地望向兩人，艾米莉亞跟莉絲默默移開目光。

「呵呵，她們不好意思說自己是胃被抓住的那一方。」

「不要說出來啦。」

「順帶一提，我差不多三成吧？剩下七成是被你的男子氣概和包容力所吸引。」

「用不著解釋得那麼詳細。」

菲亞碎碎念著「明明是事實……」拿料理配酒喝。

「嗷！」

「北斗先生說牠迷上大哥的溫柔和愛情。」

「想要我摸就直說吧。」

「嗷嗚……」

「我則是著迷於天狼星少爺的一切！」

「好好好，等一下再摸妳。」

我們煮的菜被吃個精光後，我從馬車上拿來昨晚就準備好的蛋糕。

雖然不是不能在婚禮上送，但這個世界有很多對蛋糕抱持執念的人，我因此作罷。因為這裡跟在艾琉席恩時不同，沒辦法把那些人丟給賈爾岡商會處理。

不只我的徒弟，連已經吃過蛋糕的艾爾貝里歐夫婦都兩眼發光，艾米莉亞在眾人的注目下，幫忙切好大家的份。

「艾爾，你那塊是不是比較大？跟我交換吧。」

「沒有啊……我覺得沒差多少。」

「有差啦。你看，這邊的鮮奶油量有點不同對不對？」

「你喔……別這麼幼稚！是說哥哥才是主角，給我忍耐一下啦！」

「說得也對。不然妳那塊看起來也很大，跟我換——」

「才不要。啊，不過如果你肯把上面的水果分我，這塊可以給你。」

「等等，太小塊了吧？要用水果換的話起碼要這個大小。」

「不行。我也很想吃蛋糕呀。」

我們在一旁笑著守望從婚禮那天起，感情就迅速加溫的兩人。

——瑪理娜——

『妳過得好辛苦喔。不過既然這樣，就變得更強吧。』

『之前我不是說過妳也必須變強嗎？我指的是心靈上的強悍。與其為這種無聊的小事煩惱，不如努力扭轉現況。』

『所以只要心靈也變強、永不放棄，就不會有問題。至少不會有人說願意為艾爾努力的妳不對，就算有，那也是個白痴。別管那些人，好好努力就對了。』

該怎麼說呢……我覺得這是很符合他個性的直接說法。

雖然他講的話絲毫未顧慮我的煩惱，至少我得到了救贖。

尾巴不只一條的人會鬧事，只不過是傳說。

過去是過去，我是我……是那傢伙讓我發現的。

我到底煩惱了多久，才注意到這點？

實際上，從羅馬尼歐被大量魔物襲擊的那一天開始……大家看待我的目光就產生了一些變化。

我只不過是為了救哥哥，為了不要被拋下，拚命跟在後面罷了，卻得到許多人的感謝。

我製造出來分散魔物注意力的幻影，好像救了很多人。明明我沒有藏住三條尾巴。

於是，我徹底想通了。

尾巴有三條根本不算什麼。

害怕尾巴的並非周遭的人……而是我自己。

邀請雷烏斯跳了一陣子舞後，我跟他一起來到會場外的陽臺。

被月光照亮的陽臺上，沒有其他人，想到我們現在是兩人獨處，胸口就突然變熱。

簡直像戀人——繼續想下去不會有好事，還是別想了。

「大家都盯著我們看耶。嚇我一跳。」

……嗯。雷烏斯還是老樣子，雖然我早就預料到了。

他笑得一副毫不在意這裡只有我們兩個的模樣，我嘆著氣輕輕拍了下他的背，站到他旁邊。

「當然會受到矚目呀，你現在可是羅馬尼歐的英雄。」

「叫我英雄我也不知道該怎麼反應。對了，剛才謝謝妳。妳是來幫我的吧？」

「……沒辦法，誰叫你那麼窩囊。」

看到我的裸體會誇我漂亮，被一堆女生包圍卻不會起色心，反而不知所措……真是個怪人。

而且跟哥哥比起來一點都不沉穩，會厚臉皮地踏進別人心中，都不曉得我有多無奈。

可是不知不覺，我慢慢在和他……和雷烏斯相處的過程中，感受到了喜悅。

從來沒有如此認真地和年齡相近的男生吵架過。

他完全不在乎我的尾巴，總是帶著像小孩子的天真笑容跟我說話，我非常高興。

還有——雖然不想承認——為哥哥奮戰的英姿，也讓我看呆了。

所以我不想看見雷烏斯被那些貴族女生包圍，下意識伸手邀他跳舞。

其實更早之前……他被男性貴族挖角時，我就想幫他了，但我害怕那種氣氛，遲遲不敢介入。

下次一定要……

「你跳得還算不錯，不過仍有進步空間就是了。有好幾次都搞錯舞步。」

「我之前有學過，只不過很久沒跳了。但跟妳一起跳還滿開心的。」

「嗯，我也很開心。」

之後我們又閒聊了一段時間。

從剛才的舞到與魔物群的戰鬥、騎在北斗先生背上……時間越推越前面。

聊到哥哥拜天狼星先生為師時，雷烏斯一副突然想到什麼事的樣子，拍了下手。

「之前我就想問了，妳要不要也跟我們一起去旅行？」

「我嗎？」

「對啊。如果是妳，哥哥和姊姊她們一定會很歡迎。」

「你……希望我跟去？」

「我？這個嘛，跟妳在一起應該挺有趣的，所以如果妳願意加入，我會很高興。」

唔唔……搞什麼。笑得那麼燦爛，太犯規了。

說實話，我覺得跟他們一起旅行也不錯。

我因為尾巴的關係，在這裡待得很不自在，哥哥又已經有姊姊陪了。再加上他是羅馬尼歐的下任城主，之後八成會變得忙碌起來，沒時間照顧我。

若對象是雷烏斯他們，應該可以放心享受旅程，他邀請我讓我真的很高興。

可是……

「謝謝你願意找我。可是……對不起，我不會去。」

我的體力和魔法都不怎麼優秀，最擅長的幻術能力也並非萬能。

而且雷烏斯和哥哥跟那隻怪物戰鬥時，我怕得什麼都做不到。最後的魔法也是雷烏斯叫我用的。

現在的我，做什麼都只會拖累大家。

「為啥？如果妳擔心大哥的想法，我可以幫妳說服他啊？」

「只是被人保護，不就跟現在沒兩樣嗎？」

我拒絕的理由不僅如此。

這是我剛才在婚禮會場，看到雷烏斯不曉得該如何應付貴族時想到的。

「所以我……要留在這裡變強。今後我也要堂堂正正露出尾巴，讓心靈堅強到能輔佐哥哥。」

雷烏斯確實很強，但他不擅長應付正式場合，或是要用到智慧的頭腦戰。

如果他繼續旅行，大概會經歷好幾次像今天一樣被挖角的經驗，搞不好會在不知不覺間受騙上當。

畢竟天狼星先生和姊姊她們，未必會一直待在他身邊……

「等我變強之後，就代替你跟那些貴族交涉。」

「就是大哥提過的祕書嗎？有妳在的話是很讓人放心啦，可是，為什麼一定要留在這裡變強？」

「之後哥哥必須學習當個城主，我正好能跟著他學習。而且，我也想報答哥哥一直以來照顧我的恩情。」

別看姊姊那樣，面對視為敵人的對手或不講道理的人，總會直截了當地拒絕。我想學習那毫不猶豫、笑著回絕對方的凜然態度。

等報答完哥哥的恩情，再去和雷烏斯在一起。

那傢伙滿腦子只想著變強，我想補足他無論如何都沒辦法顧及到的部分。

我的決心很堅定，然而有個重要的問題。

「欸、欸，我聽艾米莉亞小姐和莉絲小姐說了，你是不是有個……約好將來要在一起的女孩？」

雖然不清楚他們會不會走到結婚這一步，那孩子肯定是真心仰慕雷烏斯。

我把她晾在一旁擅自插隊，未免太過失禮，所以才問這個問題。雷烏斯卻困擾地搔著頭：

「啊……莫名其妙就變成這樣了。」

「你不喜歡她嗎？」

「嗯……我還不太瞭解戀愛這種東西。但我不希望諾娃兒哭，也想珍惜她……大概是喜歡吧。」

「看來比我想像中的還要複雜。算了，不必著急——」

「這樣一想，我對妳也有同樣的心情耶。嗯，也就是說我也喜歡妳。」

「……你說什麼？」

難道……這是告白？

可是雷烏斯跟平常一模一樣，還一副心領神會的態度頻頻點頭……

「妳既不是小孩，也並非我的家人。意思是這就跟大哥和姊姊一樣，是男女間的喜歡吧。」

男女間的喜歡……

聽著聽著，身體便開始發熱，不用想都知道我的臉紅成一片。

「啊……啊哈哈，開玩笑……的吧。」

陷入混亂的我，擠出這句話就已經是極限。

雷烏斯卻納悶地歪過頭……

「怎麼可能是開玩笑？大哥也說過，重要的事就該仔細告訴人家。」

他毫不害臊，笑著對我說。

為什麼……為什麼這傢伙能講得這麼直接！

「所以，如果那是妳的決定，我會為妳加油。等妳變強就拜託妳當我的祕書囉！」

啊啊……糟糕。

即使我們相處的時間不長，我很清楚雷烏斯的個性。

因此我知道，雷烏斯完全沒有理解我的心意。

這樣下去，總覺得他會單純只把我當成願意做他祕書的女人。得把我的心意明白傳達給他才行——啊啊煩死了！

「雷、雷烏斯！」

「幹麼？呃，喂!?」

「不、不准動！」

「呃，妳叫我不准動……我想動也不能動啊。」

「嘴巴也閉上！」

「是！」

我根本沒那個心思控制力道，用力抓住雷烏斯的臉……

——天狼星——

魔物來襲的數日後，我帶著北斗跟艾米莉亞，來到羅米尼歐的某棟宅邸。雷烏斯一大早就獨自去冒險者公會接委託，莉絲和菲亞則是上街買東西。

「……你們來啦，盡情調查吧。」

「那麼打擾了。」

這裡是之前與艾爾貝里歐起衝突的那名貴族家，家主疲憊地迎接我們。

我請他帶我們到宅邸裡的倉庫，一面調查室內，一面詢問當時的狀況。

「我不記得自己在這做了什麼，連那人的模樣都毫無記憶，只想得起有用到這間倉庫，還有對方是個女人。」

「原來如此，我再調查一下。」

我之所以來到這，是為了尋找欺騙這名貴族，讓他失去記憶的女性的線索。

據我推測，她正是製造喚來大群魔物的合成魔獸(奇美拉)的犯人，其他人卻只把她當成洗腦貴族、害許多人陷入混亂的罪犯。

我大可直接告訴他們，害大群魔物湧向城鎮的元凶很可能是那個女人，但這只是我的推測，能當成證據的合成魔獸(奇美拉)屍體也徹底燒毀了，因此我決定先別隨便放話。

到頭來還是沒搞清楚那隻合成魔獸(奇美拉)的真面目，最後便被視為突變而成的魔物。

至於那名可疑女性，她被當成陷害貴族的罪人，在羅馬尼歐及帕拉多遭到通緝，幾乎不可能回到這兩座城市。

為求保險起見，我只將自己的推測告訴艾爾貝里歐，勸他小心一點，然後透過他拜託羅馬尼歐的城主，請他允許我調查那名女性的線索。

「魔法陣的痕跡……沒找到啊。」

「是間極其平凡的倉庫呢。」

前來調查後，卻沒發現任何可疑跡象。只有把之前就放在這邊的貨物挪到角落，剩下並無異狀。

實在不覺得合成魔獸（奇美拉）是在這種地方製造出來的……

「……嗷！」

「天狼星少爺，您說得沒錯。北斗先生說雖然混有各種氣味不方便判斷，但這裡有些微的血腥味。」

先不論百狼可不可以算在犬科，看來果然是瞞不住狗的嗅覺。身為銀狼族的艾米莉亞和雷烏斯鼻子當然也很靈，但終究比不過真貨。

北斗四處聞來聞去，站到倉庫一角輕輕叫了一聲。

「嗷！」

「牠說那裡是血腥味最重的地方。這麼近的距離，連我都能聞到一些呢。」

「我瞧瞧……」

我碰觸地板發動「掃描」，底下看似沒有隱藏空間，也就是只偵測得到土和石頭的反應，我卻感覺到一股泥土被翻開過的異樣感。看來地下原本是有空間的，直到最近才掩埋起來。

「不過，要把這塊地挖開實在有點……」

雖然不是不能用魔石挖土，但泥土一旦經過翻攪，就算有證據也會消失掉大半。也不可能像上輩子一樣用科學方法證明，再說，會如此費心湮滅痕跡的人，我不認為她會留下明顯的跡證。

似乎只能放棄了。

「如何？有發現什麼嗎？」

「不……很遺憾。但這間倉庫有太多不明之處，最好整個拆掉。」

「哼，我本來就打算這麼做，什麼都不記得實在太恐怖了。我要把它拆得一乾二淨，直接重建！」

我們和忿忿不平的貴族道別，回到艾爾貝里歐住的城主家。

「……我明白了。如果有看見可疑人士，我會多加小心。」

「我想她大概不會再出現，多少留意一下就行了。是說……你還好嗎？」

回去向艾爾貝里歐報告結果時，他正在城主家的辦公室裡，學習下任城主所需的知識。

他趴在被書本及文件淹沒的書桌上，深深嘆息，大概是一直在看數不清的資料，有點用腦過度。

「沒問題，這對我來說是必要的知識，我得盡量多學一些……」

「老公，茶泡好了。」

城主家有負責泡茶的傭人，不過艾爾貝里歐有妻子帕梅菈幫忙服務。

帕梅菈還連我們的茶都泡了，在我們喝茶時，她為坐在一旁、和艾爾貝里歐同樣趴在桌上的瑪理娜送上一杯茶。

「唉……謝謝姊姊。」

「不可以把自己逼得太緊唷，瑪理娜。妳心愛的雷烏斯差不多要回來了，先去休息，整理一下儀容吧。」

「姊姊！雷烏斯和我不是那種關係……而、而且他去處理公會的委託了，暫時不會回來啦！」

想跟艾爾貝里歐吸收同樣的知識、學習交涉術，成為雷烏斯專屬祕書的瑪理娜也在念書。

她正努力成為能彌補雷烏斯不足之處的優秀人才，以看穿那些想利用他的力量，或是試圖欺騙他的人。

似乎是在艾爾貝里歐夫婦的婚禮上，看見被貴族纏住而不知所措的雷烏斯時下定決心的。

她說是為了幫助雷烏斯時的神情，看上去並無絲毫不甘願，所以我不認為她只會滿足於當個祕書。八成跟諾艾兒的女兒諾娃兒一樣。

而且不知從什麼時候開始，瑪理娜都直接叫雷烏斯的名字，兩人的感情似乎順利加溫中。

之後，我們和艾爾貝里歐他們一同喝茶休息。

北斗趴在我腳邊，艾米莉亞在教帕梅菈怎麼泡紅茶，艾爾貝里歐與瑪理娜則是閉目養神。

我無事可做，便拿起放在手邊的文件看。

「過去的收支報告和人心掌握術嗎……資料挺豐富的嘛。」

我草草讀了一下，發現幾件事。

閱讀過去的報告書學習城主所需的能力是沒問題，但有許多部分令人在意。

我上輩子的戰友是組織的司令官，對帝王學和這方面的知識非常精通。在與他共事的過程中，我也自然而然學到不少，所以才能發現文件上的異樣之處及缺陷。

睜開眼睛想拿紅茶喝的艾爾貝里歐跟瑪理娜，發現我的表情愈發嚴肅。

「師父？怎麼了？」

「上頭寫了什麼奇怪的東西嗎？」

「……有幾個地方怪怪的。關於這部分，方便問點問題嗎？」

兄妹倆同時探頭看我手中的資料，我就這樣對他們進行補充說明。

我教了幾個更有效率的計算方式、操縱並誘導對方思緒的人心掌握術的其他用法，以及瑪理娜最想知道的能用在交涉上的話術。

「……也能用這種方式，故意順著對方的意圖將其一網打盡。前提是要清楚對方的情報及戰力。」

最後我還不小心連指揮官的定位及戰術都提到了，兄妹倆興味盎然地專心聽著。

我講了那麼多，可能沒資格說這種話，不過這樣他們根本沒休息到啊。

「嗯……目前想得到的大概就這些。對了，雖然這句話不適合由我來提，你們要不要再休息一下？」

「沒關係，用聽的不怎麼累。」

「我也是。天狼星先生上的課非常有幫助。」

「而且……師父不是差不多要離開了嗎？我想趁現在多學一些。」

艾爾貝里歐露出有點寂寞的笑容，瑪理娜見狀，也跟著沮喪起來。因為我們要離開，表示雷烏斯也會一起走。

儘管他們沒有正式公開戀情，要和有如戀人的對象分別，她一定很捨不得吧。

場面頓時安靜下來，帕梅菈輕輕拍了下手，以轉換氣氛，開口說道：

「對了，天狼星先生，您決定何時出發了嗎？」

「嗯……預計兩、三天後離開。」

「要是您方便，明天可不可以也來多教我們一些知識？」

「別這樣，帕梅菈。師父也要花時間準備啟程，怎麼能麻煩人家……」

下一個目的地有點遠，視情況而定，路上可能還會沒辦法進行補給，因此我打算出發前先囤積好必需物資，做一些方便保存的食物。

不過這些事現在其他人也做得來，在空閒期間指導他們不成問題。而且我其實本來就有這個打算。

「無妨，並不麻煩。今天因為還有事要做，我就先回去了，明早再來。」

「師父……謝謝你。」

「也請讓我答謝您。我該支付什麼做為報酬呢？」

「報酬啊……」

帕拉多跟羅馬尼歐都付給我們擊倒可能會釀成重大災情的合成魔獸（奇美拉）的賞金，資金已經十分充裕。

因此不用給錢也無所謂，但艾爾貝里歐他們應該不會同意。

在我思考有什麼東西可以代替報酬時，在這裡工作的傭人敲響房門，站在門外說道：

「大小姐，雷烏斯先生來了。」

「嗯，帶他過來。」

「!?」

一聽見雷烏斯來了，瑪理娜的狐耳及三條尾巴立刻豎起，急忙整理起頭髮。

她的態度實在很明顯，我忍不住笑出來，這時雷烏斯開門走進房內。

「打擾了──噢，大哥？你怎麼在這？」
「今天早上說的調查結束了，我來回報結果。我才要問你怎麼會來這裡？」
「我有事找瑪理娜。艾爾，借一下瑪理娜喔？」
「是可以……」
艾爾貝里歐一臉疑惑，雷烏斯走到瑪理娜面前，笑著對她說：
「瑪理娜，書念得怎麼樣？」
「呃、呃……剛開始而已，所以沒什麼好說的。比起這個，找我有什麼事？」
「我有東西要給妳。可以把手伸出來嗎？」
「……這樣？」
瑪理娜紅著臉別開目光，照雷烏斯說的伸出右手。
看見她乖乖伸出手，雷烏斯從口袋裡拿出一條附有漂亮裝飾的項鍊，放到她手上。
「……咦!?這個，該不會是……」
「昨天我在街上找給妳的禮物，店裡的人跟我說有一種石頭專門拿來送喜歡的人。」
是迪涅湖裡的魚型魔物製造出的紅色寶石。
比一般的寶石更有價值，在城裡非常受歡迎，但那隻魔物戒心極高，難以取得。

我還想說他怎麼一大早就獨自跑去冒險者公會，原來是為了這個。

「那隻魔物一直躲在水裡，害我累得要死，不過總算達成委託了。報酬就是這顆石頭。剛才我請人做成項鍊，送妳。」

「可、可是這個……」

「送喜歡的人禮物很正常吧？別客氣，收下吧。」

雷烏斯露出一如往常的淘氣笑容，瑪理娜卻低著頭，滿臉通紅。

雖說是戀人送的禮物，她反應未免太大了吧？

是單純不習慣嗎……我納悶地心想，這時艾爾貝里歐悄聲告訴我。

——那種寶石不只是送給戀人的禮物，在羅馬尼歐和帕拉多，還是用來求婚的信物。

雷烏斯……八成不知道。

好吧，現在的他就算知道，應該也會一如往常地送給人家，但我還是默默旁觀吧。

瑪理娜低頭把玩了一下寶石，抬起臉展露燦爛笑容，握住項鍊：

「……謝謝。」

「繩子的長度我隨便指定的，不曉得適不適合，妳戴看看。」

「說得也是。嗯……好像沒問題。好看嗎？」

「嗯，紅色跟妳很配！」

瑪理娜同時晃著三條尾巴，幸福地笑了。

嗯……沒想到缺乏跟女性相處經驗的雷烏斯，會做到這個地步。

「我想好報酬了。」

「啊，不好意思，剛才講到一半對吧。那麼，您想要什麼東西？」

「下次我們來到這座城鎮的時候，可以把瑪理娜交給雷烏斯嗎？當然是在雙方同意的前提下。」

「哎呀哎呀，真是個好主意。老公，你也贊成吧？」

「嗯……可以啊。」

我們在討論這種事，瑪理娜應該會有意見才對，她卻沉浸在雷烏斯送的禮物上，沒聽見我們說話。

詳情等重逢時再談，現在有個口頭約定就夠了吧。

我們達成共識，溫柔地笑著守望兩人。

休息時間結束後，我們便離開城主家，以免打擾到繼續念書的兩兄妹。

回旅館的路上，我和艾米莉亞看著雷烏斯喜孜孜地走在前面，不約而同相視而笑。

「身為一個男人，他的精神年齡似乎有了大幅度的成長。」

「是的。我這個當姊姊的少了一件事要操心，深感欣慰。」

「嗯？大哥，姊姊，你們在說什麼？」

「沒什麼，只是在想你也長大了啊。」

「是嗎？」

「話說回來，雷烏斯，送瑪理娜那個禮物是沒問題，不過諾娃兒那邊你打算怎麼辦？」

我們離諾娃兒所在的地區這麼遠，問他這個問題，他應該也不知道該如何是好，雷烏斯卻依然面帶笑容，從懷裡拿出另一條一模一樣的項鍊。

「嘿嘿……看，諾娃兒的份我也有準備。」

「嗚嗚……天狼星少爺。那孩子……那孩子竟然……變得這麼懂事……」

「好好好，艾米莉亞，我明白妳的心情。那麼雷烏斯，你要怎麼把這條項鍊，送給身在梅里菲斯特的諾娃兒？」

「……………怎麼辦咧？」

我們還不打算回梅里菲斯特大陸。

要回去的話，至少得再等一年，如果要託人送去，離諾艾兒他們住的地區太遠了，若非值得信賴的人，很可能會在途中遭竊，或者被弄丟。

通常應該是選擇把項鍊帶在身上，直到與諾娃兒重逢，可是……

「看在你的男子氣概上，我來幫你吧。明天前寫好給諾娃兒的信。雖然不能百分之百肯定，搞不好有辦法送給她。」

「喔喔！知道了，大哥！那也得寫封信給諾艾兒姊和迪哥才行！」

「我也要寫。呵呵……看見雷烏斯會送禮物，姊姊想必也會嚇一跳。」

這個世界我最信賴的商人，是賈爾岡商會的員工。

根據我得到的情報，賈爾岡商會要在之前發生米拉教事件的佛尼亞附近的港都擴展分店。

只要把信和禮物送去那裡，或許可以寄到諾艾兒他們住的城鎮。

「意思是要回去一趟囉。不繞路的話，大概花一半的時間就能到？」

「不需要大家都回去。北斗。」

「嗷！」

只要北斗使出全速，來回只需一天吧。

不經過街道，越過河川和山峰走直線的話，照理說花不了多少時間。

「就是這樣，你願意跑一趟嗎？」

「嗷！」

「謝謝。今天我會幫你梳毛梳個夠。」

「嗷嗚……」

我向需要付出最多勞力的北斗說明事情緣由，牠叫了一聲表示同意。

如果沒看見賈爾岡商會的人，雖然有點蠢，只要把東西再帶回來即可。北斗的智商足以隨機應變，大可放心交給牠。

姊弟倆興奮地討論信上要寫什麼，我則摸著蹭過來的北斗的頭，走在回到旅館的路上。

《終章》

我一面為旅行做準備，一面擔任艾爾貝里歐兄妹的老師，過了幾天……終於到了啟程之時。

由於地理位置的關係，我們會從帕拉多前往下一個目的地，艾爾貝里歐一家人都來送行。

「雷烏斯……能遇見你真是太好了。」

「我也是。當城主應該會很累，加油啊！」

前些日子，他們已經聊天聊夠了，所以道別的話語也很簡短。

兩人用力握住對方的手，確認彼此的友誼。

「謝謝各位的諸多關照。我絕對不會讓各位教給我的技術白費。」

「嗯，請和艾爾貝里歐一起得到幸福。」

「泡紅茶最重要的是愛情，還請您別疏於努力。」

「生了小孩大家都會幸福，那方面也要加油喔。」

女性組聊天聊得很開心，男人無法介入。

我在不遠處看著大家，跟雷烏斯道別完的艾爾貝里歐過來想跟我握手，我伸手回應。

能教的我幾乎都傳授給他了，無須多言。

「別忘記自己的信念。」

「是！師父也要多保重。我會和內人及瑪理娜一起等待你再蒞臨羅馬尼歐！」

至於最重要的瑪理娜，她僵在雷烏斯面前，似乎在猶豫該對他說什麼。

這種時候該由雷烏斯主動開口才對，可是他也因為缺乏經驗的關係，不曉得該如何是好，搔著頭陷入沉思。

「啊……那個……保重。」

「……嗯。你才是……」

其他人不知不覺都望向他們，這兩個人卻只專注在對方身上，沒有察覺到。

儘管沒到諾艾兒和迪那個地步，他們好像也是會製造兩人世界的類型。

「呼……不行。對你的話，比起用講的，果然還是得用行動表達。」

瑪理娜大嘆一口氣，撲到雷烏斯懷中咬住他的脖子。

當然只是輕咬，留下一個淺淺的齒印後，瑪理娜鬆開嘴，像要掩飾害羞似地抱著雷烏斯，在他耳邊輕聲說道：

「有、有其他人在，親嘴太不好意思，所以這次先這樣吧。你覺得……如何？」
「嗯，妳的心意傳達到了。我不知道該怎麼形容，總之我很開心。」
「太好了。我會變強到有能力輔佐你，一定要來接我喔。」
「嗯，一定。」
「絕、絕對要來喔！要是你讓我等太久——好痛痛痛!?等、等一下！咬太用力了啦！」
「啊，抱歉。可是不咬回去，心意就傳達不到吧？」
我能理解他的愛意強烈到會咬太用力……不過雷烏斯直到最後都正經不起來呢。
我們在一大群人的目送下前往帕拉多，搭乘馬車悠悠哉哉地前進。
或許是因為今天實在會感傷吧，雷烏斯沒有在地上跑，而是坐在馬車後方，心不在焉地看著帕拉多的方向。
「……雷烏斯，你還好嗎？」
「嗯？沒事啦。對不起，害大家擔心。」
「因為你不只與朋友分別，也要和戀人分隔兩地嘛。雖然我不覺得講了會有用，別太鑽牛角尖喔。」
「我知道。可是，跟諾艾兒姊和迪哥分開的時候，感覺完全不同耶……」

雷烏斯抬起臉，呆呆望向天空。

他想必很寂寞，但他還是選擇跟我們一起走。無論有多麼不捨，既然他已經做出選擇，就該走在那條路上。

在我思考該對他說些什麼時，雷烏斯起身卸下武器。

「……嗯，不能一直這麼沮喪，畢竟只要我想，就能見到他們。瑪理娜也在努力，我也得加油才行。」

很好，這才是雷烏斯。

他自己找到答案，振作起來，跳下馬車跟平常一樣開始訓練。

「大哥！我去前面偵察！」

他將過剩的精力發揮得淋漓盡致，甩掉馬車奔向前方。我看著他的背影，旁邊的艾米莉亞嘆了一大口氣。

「真是……虧我還在為他擔心。真希望他穩重一點。」

「那也是雷烏斯的優點之一。前面暫時不會有岔路，就讓他隨心所欲一天吧。」

反正我馬上就能找到他的位置，沒必要急著追上去。

馬車繼續前進，過了一會兒，我在地勢有點變高的地方往目的地的方向看過去，蓊鬱的森林映入眼簾。

是一大片讓人懷疑搞不好會延伸至地平線另一端的廣闊森林。

「哇……好壯觀喔。我從來沒看過這麼大的森林。」

「菲亞小姐的故鄉，就在這座森林的深處對不對？」

「對呀。雖然我當初等於是逃出來的，看見故鄉的森林，果然會令人安心。」

下一個目的地是森林前方，妖精住的村落……菲亞的故鄉。

「欸，天狼星，真的可以嗎？我是離家出走的人，不能進去喔？」

「沒關係啦。妳也很擔心家人過得如何不是？」

即使不能進入妖精村，只要在附近拜託精靈，至少能確認家人平安吧。

而且，說不定見得到菲亞的父親。

我是導致她離家出走的元凶，很可能會被罵，再說也不曉得究竟見不見得到面，但可以的話，我想向她父親打聲招呼。

「大哥——！這邊這邊，有個好酷的東西！」

「雷烏斯好像等不及了，出發吧。北斗。」

「嗷！」

經歷與親愛之人的別離，我們懷著對全新邂逅的期待，踏上下一段旅程。

番外篇《未來的弟妹》

為了擊倒葛吉夫，艾爾貝里歐開始接受訓練的第二天……

今天，天狼星一行人設置的據點附近，依然迴盪著男人的慘叫聲。

「噗嗚!?」

「呃啊!?」

「反應太慢了！就算步調亂掉也要立刻重整態勢，讓身體記住這點！」

天狼星趁兩人動作被打亂時發動攻擊，拿木劍指向倒在地上的雷烏斯與艾爾貝里歐喝斥道。

瑪理娜心痛地看著狼狽不堪的哥哥。

「哥哥……」

「……妳會擔心嗎？」

「那當——嗚呀!?」

這時，艾米莉亞悄悄從背後靠近，嚇得她跳起來。

「艾、艾米莉亞小姐嗎……？請別嚇我。」

「對不起，因為我習慣不發出聲音走路。可是，一直到我站在妳身後之前都沒發現，我認為妳自己也該檢討喔？」

「唔……是沒錯，但我在擔心哥哥……」

「我明白，看見心愛之人倒在地上，肯定很難受。不過……瑪理娜小姐真的這樣就滿足了嗎？妳打算什麼都不做，一直當個旁觀者？」

艾米莉亞說得毫不客氣，令瑪理娜燃起怒火，然而看見她正經的表情，她意識到艾米莉亞並不是想惹她生氣。

「難道……妳的意思是叫我去幫忙？雖然跟大家比起來，我做的事根本不算什麼，但我也有以自己的方式幫忙呀？」

「不是那個意思。機會難得，妳要不要也來鍛鍊看看？」

「咦!?」

聽見她這麼說，瑪理娜的臉整個僵掉。

這也不能怪她，畢竟儘管他們只認識短短幾天，瑪理娜每天都看著不只男性，女性組也會進行同樣激烈的訓練。

要是她也加入，死在這邊都不奇怪。瑪理娜嚇得發抖，這時在其他地方做事的莉絲與菲亞走了過來。

「放心吧，說是鍛鍊，也只是練習魔法而已。」

「我們是因為要旅行的關係才鍛鍊身體，妳沒必要做到那個地步。」

想起與天狼星重逢時受到的衝擊，菲亞點著頭說「不過我很能理解妳的感受……」，瑪理娜見狀，稍微冷靜了些。

「如果瑪理娜小姐想做跟我們一樣的訓練，則另當別論……」

「不用了！我練習魔法就好！」

她立刻回答，艾米莉亞略顯遺憾地點頭，然後說著要去做準備，走回馬車。瑪理娜露出複雜的表情看著她。

「我知道妳會不安，但多加練習不會有壞處的，相信艾米莉亞吧。」

「我沒有不安。可是，那個……菲亞小姐和莉絲小姐也會一起教我對吧？」

先不論當時的狀況，她不小心打了從魔物手下救出自己的雷烏斯，為此感到愧疚，所以跟他的姊姊艾米莉亞說話時總會覺得尷尬。若不是因為知道艾米莉亞泡紅茶的技術足以令她著迷，她八成只會在有必要的時候與她交談。

「我當然也會幫忙。不過妳的屬性是火屬性，大概會以艾米莉亞為中心負責教妳。」

「為、為什麼？兩位不也會使用我望塵莫及的魔法嗎！」

在這裡設置據點前，一行人與魔物交戰了好幾次，因此瑪理娜很明白自己與三人之間的實力差距。

所以她才不能理解。

雖說是因為她不知道這兩個人看得見精靈，之前看過的艾米莉亞的魔法明顯不及她們，為何會以她為中心？或許是因為她明白拿艾米莉亞和另外兩人比較很失禮，瑪理娜提出疑惑時，看起來有點愧疚。莉絲及菲亞苦笑著回答：

「我和莉絲……有點特殊。」

「嗯。如果妳的屬性是水屬性，我可能還幫得上忙，但我對火屬性一竅不通。」

「我也一樣，只會用風屬性魔法。」

由於精靈嫉妒心重，施展其他屬性的魔法會被妨礙，連初級魔法都很難發動。莉絲因為有曾經被喚為米拉大人的高階水精靈——奈雅陪伴，火屬性魔法大概連用都用不出來。

剛遇見天狼星時，她很哀怨自己不能使用所有屬性的魔法，現在則看開了，覺得水屬性就已經足夠。

「艾米莉亞的屬性是風，但火魔法她也會用。重點在於，她是我們三個裡面與天狼星前輩認識最久的，所以非常會教人。」

「至於雷烏斯那件事，艾米莉亞也明白，所以妳不用放在心上。不如說，她還會很高興有對等的人願意跟雷烏斯吵架呢。」

「……好的。」

儘管心情有些複雜，這句話出自於同為罕見的存在、因此她最為信賴的菲亞口中，瑪理娜便乖乖地往好處想，點頭附和。

與此同時，艾米莉亞帶著東西回來了。

「讓各位久等了。我已經徵得天狼星少爺的同意，現在就開始吧。」

「啊，要用那個呀。」

「是的。考慮到她的能力，我認為這東西最適合。」

艾米莉亞拿來的是裝在小箱子裡的數顆魔石。

瑪理娜納悶著她要拿稀有的魔石做什麼時，艾米莉亞將魔石放到地上。

「天狼星少爺做的這顆魔石上，刻著『土工』的魔法陣。只要用手掌覆蓋住它，碰觸地面注入魔力……」

艾米莉亞注入魔力發動「土工」，眼前的土壤隆起，變成拳頭大小的土人偶。

「這次只是示範，所以我做得比較簡單，只要一面認真想像，一面發動魔法，就能做出更精巧的人偶。」

艾米莉亞接連做出貓狗形狀的土塊，瑪理娜似乎發現了什麼，抬起頭。

「這該不會是……」

「妳發現啦，妳做出艾爾貝里歐的幻影時，腦袋裡想的也是艾爾貝里歐對吧？跟這個是同樣的原理。」

「天狼星少爺說過……魔法最重要的在於想像力。這就是鍛鍊想像力的訓練。」

艾米莉亞用自己的方式向她說明天狼星指導的基礎及訣竅，瑪理娜信心十足地點頭，拿起魔石。

「好，這點小事我也辦得到……」

她的心情稍微放鬆了些，把手放到地上，做出跟艾米莉亞一樣的土人偶。

「做好了！」

「……不行。」

「咦……哪裡不行？跟妳做的一樣呀。」

「背後做得不好。外加強度不足。」

一言以蔽之，瑪理娜做的土人偶很粗糙。

而且艾米莉亞用手指輕輕戳了一下，土人偶就整隻碎掉了。

艾米莉亞的人偶則堅固如岩石，瑪理娜用掉在附近的木棒敲打，卻連一個缺口也沒有。

「怎麼會……為什麼差這麼多？」

「因為我並不是單純把土做成人偶，而是用力捏成的。只要善用想像力，連這種事都做得到唷。」

「會不會是因為瑪理娜的幻影比較接近霧，要用土做反而相對困難？」

「不，這是集中力不足，又被既有常識束縛住的證據。得先打破她覺得不可能做得到的觀念。」

艾米莉亞嚴厲地指責，再度隔著魔石把手貼向地面，發動「土工」。她帶著跟剛才不一樣的認真表情，做出一尊……

「咦咦咦!?」

「還是一樣做得很精緻呢。」

「因為天狼星少爺的英姿不只烙印在我眼中，而是銘刻在靈魂上。」

大小雖然只到艾米莉亞的腰部，這尊人偶卻與天狼星如出一轍。不僅是活靈活現的動作，連使用魔法那瞬間的威風神情都仔細呈現出來，可謂誕生出一尊藝術品。

然而……

「可惜……有點小失敗。天狼星少爺的眉毛應該要更細。」

「我認為不是眉毛的問題……」

「雖然有些缺陷，我想這樣瑪理娜小姐也能理解了。重要的是不受限制的想像力，以及將其呈現出來的集中力。」

瑪理娜完全看不出這尊人偶到底哪裡有缺陷，唯有自己實力不足這點，她深刻地明白了。

「呃……難道菲亞小姐和莉絲小姐也辦得到嗎？」

「對呀。我沒辦法做到像艾米莉亞那樣，類似的事倒沒問題。」

即使是透過魔法陣施展的土魔法，風精靈同樣會嫉妒，進而妨礙施法。

因此，菲亞請艾米莉亞做出一個大土塊，以龍捲風進行雕刻。

沒多久，龍捲風消失後，土塊的形狀變成了坐在地上的北斗。

「嗯……整體來說還有點粗糙。下次試試看換動作好了？」

「我覺得這已經不是粗糙的等級……」

「我則是這樣……吧？」

排在最後的莉絲先召喚出水球，調整魔力改變形狀。

由於素材是水，沒辦法連表情都做出來，不過莉絲手心上的水球順利變成騎在龍背上的男子。

「這……看起來是天狼星。他騎過龍嗎？」

「沒有，我沒看過他騎龍的模樣，只是想說應該會很帥……」

莉絲一直很喜歡王子騎著龍、救出被囚禁的公主的童話故事……這個作品十分符合她的喜好。眾人感慨地看著一鬆懈下來就會消失的藝術品時，背後突然響起有東西掉在地上的聲音。

「…………嗷。」

回頭一看，是外出打獵回來的北斗。

剛才的聲音是獵物掉下來的聲音，不知為何，北斗張大嘴巴盯著某一點，彷彿看見難以置信的畫面。

視線前方是用水做成的「騎著龍的天狼星」。

「……嗷嗚。」

「等、等一下，北斗！這只是我個人的想像，不是說你不夠好——……」

即使是人偶，看見主人騎在其他生物背上，似乎還是會難過。

北斗無精打采地轉身就跑，與平常威風的模樣截然不同，莉絲一邊追上去，一邊努力安慰牠。

「……嗯，現在妳知道想像力有多重要了，來練習做喜歡的人或東西吧。」

「那個……不用管他們嗎？」

「別擔心。只要天狼星摸一下，北斗心情立刻就會變好囉。」

「這、這樣呀……」

看來，她還得花一些時間才能習慣天狼星一行人獨特的相處模式。

莉絲跑掉並沒有太大的影響，於是三人重新開始訓練。

「哥哥……哥哥……」

「不錯唷。對……想著閉上眼睛也會浮現於腦海的珍視之人，一邊注入魔力。直到最後都不可以鬆懈。」

她想著心愛的哥哥，做出一尊儘管不及另外三人，依然稱得上有模有樣的人偶。

「呵呵，做得不錯嘛。證明妳有多重視艾爾貝里歐。」

「呼……呼……謝謝誇獎。」

「接下來做雷烏斯的看看吧。」

「咦!?不、不行啦！為什麼我要特地做那傢伙——啊，那個……做艾米莉亞小姐弟弟的……」

「正因為是不喜歡的對象，才會記得對方的模樣。這種經驗很重要，沒道理不挑戰。」

「嗚嗚……是。」

瑪理娜又接著做出各種土人偶，直到耗盡魔力。

同時，天狼星似乎也結束今天的訓練，帶著精疲力竭的雷烏斯和艾爾貝里歐一同回到據點……

「我搞不清楚現在是什麼狀況，這樣就行了嗎？」

「嗯，因為天狼星前輩最適合騎著北斗了。對不對？北斗。」

「嗷！」

天狼星獨自騎在滿足的北斗背上。

順帶一提……

「今天也被揍得很慘呢。」

「哥、哥哥!?」

失去意識的雷烏斯和艾爾貝里歐，是北斗用尾巴裹著他們抬回來的。

翌日……

今天艾爾貝里歐也從早開始就在訓練，男人們的吆喝聲（其中兩人是慘叫）響徹四周。艾米莉亞做完洗衣等家事後，對瑪理娜提出新的訓練方式。

「今天的訓練是這個。」

「這個嗎……？」

不能怪她比昨天更疑惑。

因為艾米莉亞準備的，是棲息在附近的小型魔物，以及底部開了格子狀的洞的平底鍋。這是天狼星為了烤肉而訂製的廚具。

「怎麼看都像是要做菜……」

「嗯，就是做菜。」

艾米莉亞給予極其理所當然的答覆，令瑪理娜更加疑惑，她站在據點的爐子前，拿起手中的魔物給她看。

「妳認識這種魔物嗎？」

「啊……是龍蛇嗎？」

龍蛇是大小與人首相近，頭部像龍的蜥蜴型魔物。

四肢短小，身體偏圓，據說非常美味，動作卻快到外表看不出來，是難以捕獲的魔物。

「我現在要料理這隻龍蛇，聽鎮上的人說，最美味的烹調方式是整隻拿去烤。」

聽見「最美味」一詞，莉絲率先做出反應，望向瑪理娜：

「記得是……用鐵串串起來，放在木炭上邊旋轉邊烤對吧？」

「是的。整隻烘烤可以讓油脂滲透全身，比切塊烤熟更好吃。我之前有品嘗過，非常美味喔。」

「妳知道得這麼清楚就簡單了。今天要來用平底鍋烤龍蛇。」

艾米莉亞沒有等她回應，點燃爐子的火，將經過處理的龍蛇放到烤肉用平底鍋上。

接著以長筷子靈活地邊烤邊翻面。

「爐子用起來跟炭火不一樣，溫度太高，表面容易焦掉。所以需要不停翻面，一面調整火力。」

表面看起來只是在動筷子，其實艾米莉亞正在用魔法往爐子裡送風，精準地調節火候。

「龍蛇得花上一陣子才能烤好，所以需要具備長時間維持魔法的耐力與集中力。別以為只是單純的做菜喔？」

不僅能練習邊發動魔法邊做其他事，還能訓練維持魔法所需的集中力與廚藝，堪稱是一石三鳥的訓練法。

包含說明的時間在內，約莫過了十五分鐘時，龍蛇烤得夠熟了，做完其他事的菲亞也來會合，艾米莉亞便將一塊肉切成四等份，給大家分食。

「呼……真好吃。」

「油脂滲透到了全身呢，這是受熱均勻的證據。」

「唔……好像比我之前吃過的更好吃。」

「很高興合妳口味。那麼，接下來換妳囉。」

「可是已經沒有龍蛇了耶？難道還得從親手抓開始——」

「嗷！」

「謝謝您，北斗先生。不好意思，可以請您再幫我抓個三隻左右嗎？」

連蹤跡都難以發現的龍蛇，對北斗來說也只是小菜一碟。北斗將甚至已經放好血的龍蛇交給艾米莉亞，宛如一陣風似地回去狩獵。

「……那個，這一隻烤起來分量還挺多的，兩隻以上實在有點……」

「放心！我吃得下！」

莉絲早已備好餐具，兩眼發光坐在桌前，相當令人心安。

「這樣就無後顧之憂了，開始吧。啊，因為瑪理娜妳是火屬性，所以請自行生火，不能依靠爐火喔。」

「有種難度提升的感覺……」

瑪理娜意識到自己別無選擇，做好覺悟，點頭答應。

第一次……

「嗚嗚……全焦了……」

「火力太強囉。再控制一下魔力。」

「去掉焦掉的部分就能吃了。」

第三次……

「這、這樣……嗎？」

「表面上是烤熟了沒錯，裡面又如何呢？」

「啊……裡面半生不熟的耶。味道雖然會受一些影響，我去重烤一次吧。」

第五次……

「呼……我已經，沒魔力了……」

「能夠說話，代表妳還有力氣。現在就是突破極限之時！」

「我還吃得下！」

「莉絲，妳的目的變囉。」

「……嗷。」

艾米莉亞的訓練，持續到天狼星他們回來為止。

通過各種訓練的瑪理娜，有了顯著的成長。

再加上她為了不被哥哥拋下而做的努力，艾爾貝里歐訓練結束時，瑪理娜特有的幻術能力精密度大幅提升，甚至可以無詠唱發動初級魔法。

艾爾貝里歐準備討伐葛吉夫的前一天……瑪理娜召喚出大量幻影，將訓練至今的成果展現給艾米莉亞看。

「……漂亮。這些幻影真實到稍有疏忽，就會不小心與本人搞混呢。」

「遇到艾米莉亞小姐的話，一下子就會看穿了。」

「氣味確實瞞不過去，不過相似到這個程度，不可能一瞬間就察覺到。只要能多少分散對方的注意力，就代表瑪理娜的幻術是成功的。」

艾米莉亞因為是天狼星的隨從，原先在稱呼瑪理娜時都會加上敬稱，然而基於本人的要求，從不久前開始，她便改為直呼其名了。

「但妳現在才剛剛站上起跑點。今後也不能疏於鍛鍊。」

「我明白了！」

除了這段時日的交流外，瑪理娜對雷烏斯抱持的敵意降低不少，因此她現在完全不會害怕艾米莉亞。

不僅如此，被視為導師般尊敬的她稱讚，瑪理娜甚至露出發自內心的笑容。假如耳朵和尾巴一樣，這兩個人看起來想必就像一對和睦的姊妹。

艾米莉亞提議最後要不要表演給天狼星看的時候，瑪理娜向她提出一直放在心上的疑問：

「那個……艾米莉亞小姐為什麼願意訓練我呢？」

天狼星其實也想訓練瑪理娜，無奈時間只有半個月，光是照料艾爾貝里歐就應接不暇。

不過讓她在這邊空等也不太好，於是天狼星建議假如有空，至少帶她練習一下魔法，率先自告奮勇的人就是艾米莉亞。

前幾天聽說這件事的瑪理娜，猜測她會不會是因為自己跟弟弟不和才這麼做，不可思議的是，艾米莉亞這些時日完全沒有給她這種感覺。

「這個嘛，首先是因為我服侍的天狼星少爺在忙，導致我空出了時間。」

「不只……這個原因吧？」

「那當然。因為妳有點像雷烏斯，身為他的姊姊，我才會忍不住想照顧妳。」

「我怎麼可能會像那麼失禮的男人！」

「呵呵，說得也對。這只是我自己這麼認為，還請妳別放在心上。」

真正的理由是……有個銀狼族稱之為詛咒之子的弟弟，艾米莉亞實在放不下被當成不祥的孩子的瑪理娜。話雖如此，她並不知曉雷烏斯是詛咒之子，所以艾米莉亞也不打算說明這點。

「況且……將來妳說不定會變成我弟妹嘛。」

「嗯？妳說什麼？」

「沒什麼，只是在想我很能理解天狼星少爺的心情。」

在艾琉席恩學園時，雖然也會指導後輩，如此認真地教導一個人倒是第一次。儘管還稱不上師徒關係，最近她開始把瑪理娜當妹妹看，如今感覺到她的成長，艾米莉亞不由得滿意地點點頭。

「意思是，妳的成長很令人高興。」

「太、太抬舉我了，和大家比起來，我根本算不了什麼。」

「嗯。之後也不可以鬆懈，要正確使用自己的力量喔。」

「是！」

跟剛認識時相比，雷烏斯和瑪理娜感情是變好了沒錯，但他們每次見面都會鬥嘴，看來還得花一段時間才能打好關係。

然而……時間雖短，透過訓練更加瞭解她的艾米莉亞確信。

這個專一卻意氣用事、被人說個幾句就會忍不住立刻回嘴的笨拙女孩，總有一天會成為能支撐雷烏斯的理想伴侶。

用不了多久，她就會叫自己姊姊……艾米莉亞如此心想，與未來的弟妹相談甚歡。

後記

各位好久不見。我是ネコ。

離十集只差一集的第九集發售了。

這也是拜 Nardack 老師美麗的插圖、協助本作出版的各位，以及支持這部作品的讀者們所賜。

想在此簡短說明一下寫第九集時我內心的想法。

第九集天狼星變得比較低調，以雷烏斯為主角。

這個故事大概是在三年前構思的，當時不只是想給雷烏斯配個類似戰友的存在，還想寫段「笨拙的男孩與女孩相遇風」的故事。

雷烏斯雖然與諾艾兒的女兒——諾娃兒互許終身，還是需要一位同年齡又會引導他向前走的戀人吧……於是誕生了瑪理娜。

話說回來，已經過了三年啦。

時間過得真快，我的寫作速度卻一直沒有提升，真令人煩惱。

由於篇幅已盡，這次就到此擱筆。

祈禱下一集也有榮幸讓各位拿起書來讀……那麼再會。

浮文字
WORLD TEACHER 異世界式教育特務9
（原名：ワールド・ティーチャー -異世界式教育エージェント- 9）

著者／ネコ光一　封面插畫／Nardack　譯者／Runoka
發行人／黃鎮隆　副總經理／陳君平　企劃宣傳／邱小祐、劉宜蓉
總編輯／洪琇菁　文字校對／梁瓏、施亞蒨　國際版權／黃令歡、李子琪
執行編輯／楊國治　美術編輯／陳又荻　文字排版／謝青秀

出版／城邦文化事業股份有限公司 尖端出版
台北市中山區民生東路二段一四一號十樓
電話：（〇二）二五〇〇—七六〇〇
傳真：（〇二）二五〇〇—二六八三
E-mail：7novels@mail2.spp.com.tw

發行／英屬蓋曼群島商家庭傳媒股份有限公司城邦分公司　尖端出版
台北市中山區民生東路二段一四一號十樓
電話：（〇二）二五〇〇—七六〇〇（代表號）
傳真：（〇二）二五〇〇—一九七九

北區經銷／祥友圖書有限公司
電話：（〇五）八五一一—三八五一
傳真：（〇二）八五一一—四二五五

中彰投以北經銷／楨彥有限公司（含宜花東）
電話：（〇二）八九一九—三三六九
傳真：（〇二）八九一四—五五二四

雲嘉經銷／智豐圖書有限公司　嘉義公司
電話：（〇五）二三三—三八五二
傳真：（〇二）二三三—三八六三
客服專線：〇八〇〇—〇二八—〇二八

南部經銷／智豐圖書有限公司　高雄公司
電話：（〇七）三七三—〇〇七九
傳真：（〇七）三七三—〇〇八七

一代匯集／香港九龍旺角塘尾道六十四號龍駒企業大廈十樓B&D室
電話：（八五二）二七八三—八一〇二
傳真：（八五二）二五八二—一五二九
E-mail：hkcite@biznetvigator.com

新馬經銷／城邦（馬新）出版集團Cite（M）Sdn. Bhd.
E-mail：cite@cite.com.my

法律顧問／王子文律師　元禾法律事務所
台北市羅斯福路三段三十七號十五樓

二〇一九年七月一版一刷

■中文版■

郵購注意事項：
1.填妥劃撥單資料：帳號：50003021戶名：英屬蓋曼群島商家庭傳媒(股)公司城邦分公司。2.通信欄內註明訂購書名與冊數。3.劃撥金額低於500元，請加附掛號郵資50元。如劃撥日起 10～14日，仍未收到書時，請洽劃撥組。劃撥專線TEL：(03)312-4212 ・ FAX：(03)322-4621。E-mail：marketing@spp.com.tw

國家圖書館出版品預行編目資料

WORLD TEACHER異世界式教育特務 / ネコ光一作. -- 1版. -- [臺北市] : 尖端出版 : 家庭傳媒城邦分公司發行, 2019. 07-

冊 ;　公分

譯自 : ワールド.ティーチャー : 異世界式教育エージェント

ISBN 978-957-10-8622-4 (第9冊 : 平裝)

863.57　　108007691